A game of fate

Nikolay Alekseev

Игра Судьбы

Николай Н. Алексеев

A game of fate

ISNB: 978-1-64439-535-6

Игра Судьбы

© Индоевропейских Издание , 2021

ISNB: 978-1-64439-535-6

СОДЕРЖАНИЕ

ИГРА СУДЬБЫ

I

В знойный, ясный июльский день 1768 года, по Луговой улице (ныне Морская), что прилегала к Невскому проспекту в Санкт-Петербурге, часу в третьем дня, медленно двигалась огромная карета очень неказистого вида. Она вся вздрагивала, скрипела и звенела гайками при каждом толчке; казалось, вот-вот развалится допотопный экипаж; всюду виднелись какие-то веревочки и ремешки. Наверху ее были грудой навалены сундуки, ларцы и корзины самых разнообразных форм; позади, на особом плетеном сиденье, похожем на мешок из веревок, сидел парнишка лет пятнадцати и, разинув рот, поглядывал по сторонам.

Экипаж был запряжен тройкой мохнатых, мелких, разномастных и грязных кляч. Ими правил, чуть шевеля вожжами, здоровенный детина, одетый, несмотря на жару, в овчинный кожух и черный меховой треух.

Улица была полна движения. Чинно прогуливались молодые девушки в сопровождении медлительных папаш и мамаш, затянутые в рюмочку, в огромных шляпах, представлявших собой целые сады и вавилонские башни; переглядываясь с ними, бродили статские щеголи в цветных фраках, кафтанах, ярких камзолах, лосиных панталонах, ботфортах, шелковых чулках, в башмаках с серебряными пряжками и высокими каблуками. Сновали сердцееды-гвардейцы, алея красными отворотами мундиров; изредка мелькала скромная синяя шинель армейского пехотинца. Проносились кареты вельмож, запряженные цугом несколькими парами великолепных коней; скакали конногвардейцы и гусары, щеголяя друг перед другом и конями, и ловкостью посадки.

Из кареты выглянула голова старика, прикрытая несуразной шапкой.

— Эй, милый человек! — крикнул он глазевшему на диковинный экипаж человеку в мещанском кафтане.— Не знаешь ли, любезнейший, где здесь дом его превосходительства Андрея Григорьевича Свияжского?

— Свияжского? А вот этот самый и будет,— ответил

мещанин, указывая на высившийся наискось двухэтажных дом, построенный в кричащем стиле того времени.

— Спасибо, любезный! Прошка! Слышь, правь туда! — крикнул старик, и его голова снова скрылась во тьму кареты.— Слава Богу, добрались,— промолвил он, обращаясь к сидевшему против него молодому человеку.— Ну вот, сейчас и с дяденькой свидишься, Александр Васильевич. Ты только не робей. Сперва поклон выправь как следует, а потом и письмецо подай. Лицом в грязь, чай, не ударишь: недаром тятенька французского немца три года для манер держали.

Юноша, видимо, волновался. По его лицу шли красные пятна, дрожащими пальцами он нервно расправлял складки одежды.

— Стой, Прошка! — крикнул старик, когда карета поровнялась с подъездом.— Ну, Господи благослови!

— Страшно, Михайлыч! — прошептал юноша.

— Ну чего же страшно? Не к чужим, к своим приехал.— Старик открыл дверцу, вышел сам и сказал: — Пожалуй, Александр Васильевич.

Молодой человек выпрыгнул из экипажа и на минуту остановился. Он был высокого роста, широкоплечий, со свежим, красивым лицом. Усы чуть намечались, голубые глаза смотрели застенчиво, в движениях чувствовалась юношеская неловкость. Его одежда оставляла желать многого. На голове красовалась старенькая шляпа с приподнятыми с трех сторон полями; кафтан и панталоны были из грубого сукна, на ногах были надеты белые толстые шерстяные чулки и тяжелые башмаки с медными пряжками.

— Иди же, Александр Васильевич, не бойся! — шепнул Михайлыч.

Юноша быстро вошел в двери подъезда, лениво распахнутые рослым, надменным гайдуком в пудреном парике и красном кафтане, обшитом серебряным позументом. Этот привратник с ног до головы окинул вошедшего насмешливо-презрительным взглядом и процедил:

— Вам что надо?

— Здесь живет его превосходительство Андрей Григорьевич Свияжский? — робко спросил Александр Васильевич.

— Здесь. А что?

— Племянник я его, так вот повидаться.

Выражение лица гайдука при слове "племянник" разом изменилось в почтительное.

— Прикажете доложить, ваша милость? — сладко проговорил он.

— Да, доложи. Скажи, что племянник его превосходительства, Александр Васильевич Кисельников, из-под Елизаветграда приехал.

— Слушаю! — И гайдук тотчас же крикнул дежурному казачку: — Беги скорей! Слышь, как их милость сказывали? Мигом доложи!

В ожидании казачка Александр Васильевич медленно прохаживался по вестибюлю и посматривал на свое изображение в большом, украшенном бронзой, зеркале.

"Боже мой! На кого я похож! — в смущении думал он, поскольку казался себе неуклюжим мужиком. Лицо грубое, заторелое, руки с огромными красными кистями, торчат, словно прилепленные не к месту. Тут же рядом мелькнуло в мозгу: — А Полинька говорила, что я красивый".

При воспоминании о Полиньке теплая волна обдала сердце юноши, и перед его мысленным взором пронеслись миловидное личико в волне золотистых волос, тонкая, стройная фигура.

Полинька была дочерью соседа его отца по имению.

— Как далеко она теперь отсюда, как далеко! — вздохнул юноша и вздрогнул.

— Пожалуйте, ваша милость!— послышался голос казачка.— Приказали просить.

С замирающим сердцем стал подниматься Кисельников по лестнице.

На площадке в бельэтаже его встретил ливрейный лакей, низко поклонился и, бесшумно распахнув перед ним двери, повел через ряд комнат к кабинету хозяина.

Александр Васильевич посматривал кругом и все более робел: картины, статуи, обои золоченой кожи, ковры, огромные зеркала, украшенная тонкой чеканки бронзой мебель розового и красного дерева — все невиданная им раньше роскошь. Ему казалось, что все это он видит во сне, и, следуя за лакеем, он краснел, пыхтел и потирал вспотевшие ладони.

Но вот лакей, раскрыв одну из дверей, провозгласил, отодвинувшись в сторону, чтобы дать дорогу гостю:

— Господин Александр Васильевич Кисельников.

Юноша шагнул через порог, весь похолодев, и... очутился перед "дядей".

II

"Дядин" кабинет представлял собой большую и довольно-
таки унылую комнату. Угрюмые шкафы с книгами, темные
занавески, кожаная обивка стульев с прямыми спинками. Ото
всего веяло чем-то сухим, жестким. Чувствовалось, что среди
этой обстановки не могла прозвучать остроумная, полная
юмора и задора фраза, прокатиться сверкающим бисером
молодой, беззаботный смех, раздаться песня. Здесь было
место расчетливости, размеренности и... душевного холода.

В высоком резном кресле у письменного стола, на
котором были аккуратно разложены какие-то толстые книги и
пачки бумаг в синих обложках, вполоборота к вошедшему
Кисельникову сидел сухой старик, бритый, в маленьком
пудреном парике с туго подвитыми буклями, чистенький,
гладенький. Синий бархатный кафтан сидел без морщинки,
орденская звезда была лишь настолько выставлена из-под
отворота, чтобы не очень бросаться в глаза, алансонские
кружева на манжетах были белоснежно чисты и не измяты,
косица парика лежала как раз между лопаток. На его лице
морщинки улеглись аккуратной сетью, ни глубокие, ни мелкие,
а самые приличные. На тонких губах играла улыбка; она
никогда не покидала лица, словно старичок и родился с нею.
Глубоко запавшие блекло-голубые глаза он чуть-чуть
насмешливо щурил, но взгляд был открыт и добродушен.

Кроме старика, в кабинете сидел в кресле, задумчиво
подперев голову, молодой офицер-гвардеец; в чертах его лица
было некоторое сходство с Андреем Григорьевичем
Свияжским, но что-то мягкое и грустное сквозило в них.

— Василий,— крикнул Андрей Григорьевич лакею,
докладывавшему о Кисельникове,— кликни-ка ко мне казачка
Сеньку!— Александра Васильевича он словно не заметил и за
все время, пока лакей ходил за казачком, не повернул к нему
головы, а, щелкая крышкой золотой табакерки, с
наслаждением делал понюшку за понюшкой, приговаривая: —
Ой, знатно! До слез прошибает.

Юноша неловко переминался у двери, не зная, что ему
делать. Молодой офицер с участием смотрел на него. Наконец
казачок явился.

— Я тебе велел сказать, чтобы они подождали с часок, а
ты сразу позвал,— проговорил Свияжский, вперив тусклый

взгляд в побледневшее лицо мальчика.— Разве так исполняют господские приказы?

— Да я... Ваше превосходительство... Да я, барин...— залепетал дрожащем голосом казачок.

— Врешь: ты — не ваше превосходительство, ты и не барин, хе-хе! Помни одно: самим Господом Богом указано быть на земле господам и рабам: первым и надлежит приказывать, вторым — точно и неуклонно исполнять господские приказы. Кто не исполняет этого, с того взыщется, а тем сильнее взыщется с господина, который потворствует нерадивости своего раба. Так-то! Поди, миленький,— добавил он,— скажи Кузьме, что я тебя прислал.

— Ваше превосходительство! Смилуйтесь!..— завопил мальчик, кинувшись в ноги Андрею Григорьевичу.— Простите! Никогда больше не буду.

— Что ты, что ты, дурачок? Встань! — добродушно промолвил Свияжский.— Только перед Богом колена преклонять подобает. Встань, дурачок. А простить как же можно? Ведь ты проштрафился? Да? Ну, так если бы я простил тебя, то взял бы грех на душу. Ступай, ступай, миленький, к Кузьме, да скажи, чтобы хорошенько... Скажи, что барин из кабинета слушать будет. Ну, иди с Богом!

"Что это за Кузьма?" — недоумевал Кисельников, с удивлением прислушиваясь к этой беседе, а впоследствии узнал, что Кузьма исполнял у Свияжского роль, так сказать, палача: все экзекуции производил он.

Мальчик, плача, вышел.

— Что же ты стал там, любезнейший? — удостоил наконец старик заметить и Александра Васильевича.— Поди поближе, дай на тебя посмотреть, дружочек!

Кисельников, стуча каблуками тяжелых башмаков, неловко приблизился и поклонился. Свияжский, окидывая его внимательным взглядом, продолжал:

— Здравствуй, дорогой! Так из-под Елизаветграда? Так-так... Василия Васильевича сынок? Богатырь, красавчик, молодчина... А только почему тебе вздумалось племянником моим назваться, понять не могу: я такой же тебе дядя, как, хе-хе, и китайский император. Письмо, кажется, у тебя? Давай, давай, прочтем.

— Велели вашему превосходительству низко кланяться и передать письмо... Сказать, что они всегда... О вашем превосходительстве... Шлют низкий поклон...— бормотал весь красный, как вареный рак, Александр Васильевич.

Под его несвязные фразы старик не спеша достал очки,

5

надел их, вскрыл пакет и, старательно расправив на столе листок, стал читать вполголоса:

"Милостивый государь, Ваше Превосходительство, предражайший друг, однокашник и любезнейший братец.— Тут Свияжский хмыкнул и пожал плечами.— Андрей Григорьевич! В добром ли Вы здравии, Ваше Превосходительство, обретаетесь и в полном ли благополучии, о чем я непрестанно молюсь? А я ничего себе, жив, здоров и счастлив, сколь можно быть при моем сиротском, вдовецком положении. Дочку Аннушку за судейского казначея выдал я, и живет она теперь в Москве, а сына моего, как сами Вы, Ваше Превосходительство, соизволите увидеть, вытянуло без малого в коломенскую версту. Входит мой Сашка в возраст, и нечего ему без дела шататься, потому что от безделья только всякая дурь да блажь в голову полезет..."

— Верно старик пишет! — одобрил Свияжский.— У тебя отец — парень с головой,— добавил он, обращаясь к Александру Васильевичу, а потом продолжал:

"Пора ему послужить государыне да отечеству, а как мы дворянского рода, а не подлого состояния, то приличествует ему всего более служба воинская, тем паче, что к сему званию мы его от малых лет в мыслях своих приготовляли, чего ради и был он на десятом году записан унтер-офицером в пехотный ингерманландский полк. Но многолюбяще отцовское сердце, и честь сыновью всякий отец, почитай, превыше своей собственной ценит; посему и надумал я кое-что, о сем же и Ваше Превосходительство своей предерзостной, но для отца извинительной просьбой утрудить беру великую смелость..."

В это время Андрей Григорьевич примолк и насторожился. Откуда-то издали, с другого конца дома, доносились жалобные детские вопли.

— Кузьма с Сенькой расправляется! Так, так! Жарь его, жарь его! — пробормотал старик Свияжский, и какое-то хищно-сладострастное выражение появилось на его лице.

Офицер, до сих пор молчавший и только куривший трубку за трубкой, порывисто вскочил с места и воскликнул:

— Хоть бы при мне ты, отец, воздержался! Ведь это — гадость, мерзость!

— При тебе? — ехидно посмеиваясь, сказал старик Свияжский.— Да кто ты такой, что при тебе я не могу делать, что хочу? Накажу я раба лукавого, свершаю долг свой и буду оный свершать, и никакие молокососы мне в сем помехой быть не смеют.

Сын прошелся по комнате и со вздохом сел на прежнее место. Между тем старик опять принялся за письмо:

"Будучи при последней ревизии в елизаветградской провинции, Ваше Превосходительство, сделавши мне честь остановиться в моем убогом домишке, вспоминая годы юности нашей и кадетские проказы, изволили выразиться так: "Ты, Василий, уверен будь, что, ежели я когда чем могу тебе помочь, всегда помогу, потому мы — однокашники, а я старых приятелей не забываю". Сии милостивые слова Ваши и дают мне надежду на исполнение моей просьбишки. Больно мне очень, что такой парень, как Сашка, обученный не только мараковать по-французски, но даже и танцам, для чего три года французишку у себя в доме кормил, будет зря пропадать в армейщине. В гвардии он был бы на примете и, может быть, в люди бы вышел. В том и прошенье мое: сделайте милость однокашнику Вашего Превосходительства и по родству посодействуйте к определению моего сына Сашки в гвардейский полк, хотя бы рядовым..."

— Все в гвардию лезут! А кто же в армии будет служить? — проворчал старик, а затем продолжил чтение письма:

"А я за такое благодеяние Ваше буду Бога за Вас молить неустанно. А второе, прошу Вас, как приятеля и родственника, приглядите за Сашкой, приютите его, яко голубь птенца под крылом. Петербург — город столичный, долго ли молодому юноше запутаться; а под Вашим кровом и дозором ничему, кроме добродетелей, он не может научиться. А за сим, заранее принося благодарность ото всей глубины сердца и моля Бога, чтобы ниспослал Он Вам многие и радостные годы, имею честь быть Вашего Превосходительства однокашник, приятель, любящий брат и вернейший раб, отставной капитан и кавалер Василий Иванов сын Кисельников".

Свияжский медленно сложил письмо, бросил его в ящик письменного стола и, пожав плечами, сказал:

— Не могу не подивиться просьбе твоего отца. Он — человек почтенный, слов нет, но... Да ты сядь, устанешь, дружочек, стоять-то.

Александр Васильевич, до сих пор переминавшийся с ноги на ногу, неловко присел на край стула.

— Теперь слушай меня хорошенько, ангельчик,— продолжал старик.— Во-первых, запомни хорошенько, как я уже говорил, что я тебе такой же дядя, как и китайский император, хе-хе. Твоему отцу с чего-то вздумалось меня даже братцем называть. Диву подобно! И все это отчего? Да только от того, что троюродная сестра моей первой жены, покойница, всю кашу заварила. Да нет, ты примечай: даже не моя троюродная сестра, а моей первой жены, вышла за двоюродного дядю твоего отца. Да и дядя-то был с материнской стороны. Вот и все наше родство. Близкое — хе-хе! — а? Ну да ладно, будет. Все же мне твой отец хоть и не родственник, а действительно однокашник по шляхетскому корпусу {Теперь Первый кадетский корпус в С.-Петербурге.— Здесь и далее прим. авт.}, вместе мы и науки зубрили, вместе и проказили. Я рад ему сделать все, что могу. А что я могу? Отец просит, чтобы я похлопотал о тебе насчет гвардии. Сколько у твоего отца крестьян?

— Душ пятьдесят,— ответил Кисельников.

Старик присвистнул и рассмеялся.

— Душ пятьдесят, хе-хе! И ты хочешь служить в гвардии? Было бы у тебя не полсотни, а две сотни, и того мало по гвардейским расходам. Так вот, что я могу сделать — это дать совет как приятель и однокашник Василия Ивановича: не лезь ты в гвардию, и думать о ней забудь, не с твоим карманом, братец! Спроси-ка ты меня, чего мне вот этот гвардеец стоит? — мотнул он головой в сторону сына.— Прорву деньжищ. Поступай-ка ты пехтурой в армию и служи матушке государыне верой-правдой. А так как тебе возвращаться в свой полк в Елизаветград далеконько, то можешь здесь в каком-нибудь пристроиться, и живой рукой в офицеры выйдешь. Потом просит твой отец, чтобы я за тобой присматривал. Ну скажи на милость, как же я сие сотворю? За тобой всюду ходить что ли? Так у меня для этого и времени нет, да и вообще... В самом деле, хе-хе, какая, подумаешь, нянька нашлась. Ведь не один, я думаю, ты приехал в Питер, есть с тобой кто-нибудь постарше?

— Дядька со мной.

— Ну и прекрасно! Эти старики — народ надежный. Он и присмотрит. А я тебе посоветую: не шляйся ты тут по всяким Иберкампфам, Шмидтам и иным кабакам. Пить да играть ты там научишься, а более ничему. Да еще и оберут, ежели на шушеру нарвешься. Да, кстати, скажи пожалуйста, где ты жить думаешь?

У юноши готово было сорваться с уст: "Батюшка надеялся, что вы у себя приютите", но он вовремя сдержался и только что-то невнятно пробормотал.

— Видишь ли, я взял бы тебя к себе жить, но, во-первых, я теперь на даче, а, во-вторых, этот дом даже и для одной моей семьи мал, так что...— Свияжский сделал печальную мину и развел руками.— Да у нас в Питере помещенье найти нетрудно, хе-хе! Жильцам рады-радешеньки. Поищи на Миллионной, там есть.

С улицы донеслись со стороны подъезда топот лошадей и шум колес.

— А! Лошадей подали,— сказал Андрей Григорьевич, встав и смотря на часы-луковицу.— Мне пора ехать. Я ведь живу теперь на даче, в Петергофе. Прощай, милейший!

Он протянул Кисельникову два пальца. Потом посмотрел на него и подумал:

"Разве показать нашим этого монстра? По крайней мере, посмеемся".

— Ты вот что: как-нибудь приезжай ко мне на дачу. Найти ее легко: там меня все знают. Сыну моего приятеля всегда рад, всегда,— проговорил старик и кивком головы дал понять, что аудиенция окончена.

Александр Васильевич поклонился и пошел к двери.

— А ты, Николай, разве не собираешься со мною? — между тем спросил старик молодого офицера.

— Нет, у меня в городе дело есть. Да я, кстати, и пойду сейчас. Прощайте, папа. Поклон маман и сестре,— проговорил сын, холодно целуя костлявую отцовскую руку.

Со стесненным сердцем спускался по лестнице Кисельников. Несмотря на всю свою наивность и неопытность, он понял, что "дяденька" не захотел и пальцем шевельнуть для него и попросту отпустил ни с чем.

— Погодите! — окликнули его сверху.

Кисельников оглянулся. По лестнице торопливо спускался юный гвардеец, которого он видел в кабинете Свияжского.

— Познакомимся,— сказал офицер.— Николай Андреевич Свияжский.

Молодые люди пожали друг другу руки.

— Вас нельзя так оставить. Вы в нашем Питере будете что в лесу,— продолжал новый знакомый, спускаясь вместе с Александром Васильевичем.— Отцу... некогда, ну так я за вас примусь. Я вас устрою, положитесь на меня. Прежде всего позаботимся о помещении.

Они вместе вышли на улицу.

— Я вас свезу к моему приятелю,— продолжал молодой Свияжский, а потом, видя, что Александр Васильевич направляется к своему допотопному экипажу, с улыбкой заметил: — Нет, только не в этой карете. Садитесь-ка лучше сюда! — Он взобрался на извозчичьи дрожки-гитару и, сказав куда ехать, крикнул: — Ну, живей!

И возчик стал неистово нахлестывать клячонку. Экипаж Кисельникова с выглядывающим в окно недоумевающим Михайлычем, громыхая и звеня гайками, поехал за ними.

III

— Вы в первый раз в столице, это сейчас видно,— сказал Николай Андреевич, трясясь с Кисельниковым на дрожках — экипаже, сказать к слову, крайне неудобном.— Вам ко многому надо приглядеться, приучиться, переделать себя. Простите, что я говорю это вам так прямо, едва познакомившись, но ведь вы не обидитесь, надеюсь?

— За что же обижаться? Вы вполне правы. Столичные порядки эти и прочее... Шагу ступить не умею.

— Я слышал ваш разговор с моим отцом, а также письмо вашего батюшки. У бедного старика, конечно, за вас сердце болит. Скажу прямо: вы мне очень понравились. Если мой отец не может ничего для вас сделать, то постараюсь я. Нельзя же в самом деле бросать на произвол судьбы человека, приехавшего из-за тысячи верст. Будьте спокойны: вы во мне найдете преданнейшего друга.— Свияжский помолчал минуту, а потом продолжал иным тоном: — Вы — провинциал и не знаете, какое значение придают в нашем столичном обществе костюму, наружности, манерам. Право, очень многие от того лишь и были замечены и пошли в ход, что умели одеваться со вкусом и обладали изящными манерами. Мой приятель, к которому мы теперь едем, камер-юнкер, Петр Семенович Лавишев, вам во многом поможет в этом отношении. Человек он очень богатый, очень добрый, хороший товарищ. Он вас, так сказать, воспитает в светском отношении. Лавишев совершенно одинок, а занимает целый дом-дворец. Он вам может отвести хоть целый этаж.

— Мне, право, совестно. Как же так — у чужого человека?

— Совестно жить у Лавишева? — воскликнул юный офицер.— Фью! Вы его не знаете: он — всем родня. Вот мы и приехали. Стой!

Возница остановился у подъезда большого роскошного дома на Вознесенском проспекте.

Вскоре новые приятели поднимались по широкой

мраморной лестнице, устланной коврами и украшенной по стенам тропическими растениями.

— Что, Петр Семенович принимает? — спросил Свияжский у встретившего их лакея.

— Они недавно изволили встать, и теперь Силантий их бреет.

Заметив удивление на лице Кисельникова, Николай Андреевич с улыбкой промолвил:

— Как видите, мы живем не по-вашему: когда у вас вечер, у нас только что начинается день. Пойдемте, авось мы не помешаем Лавишеву справлять свой туалет. Доложи,— приказал он лакею.— Да пусть он не спешит, у нас время есть. Мы подождем в гостиной.

Молодые люди прошли целый ряд комнат. Всюду были позолота, ковры, дорогая бронза, но чувствовалось что-то запущенное, заброшенное во всей этой роскоши. Видно было, что хозяйский глаз редко заглядывал сюда. На золоченых стульях в прекрасном белом зале слоями лежала пыль, она же покрывала голову мраморного Аполлона превосходной работы, по углам виднелась густая паутина. Халатность, запущенность сказывалась даже во внешности прислуги. В гостиной, как в комнате более посещаемой, было почище, но великолепная мебель была расставлена беспорядочно, а картины висели вкривь и вкось.

— Присядем здесь и подождем. Вероятно, он скоро выйдет,— сказал Николай Андреевич, сев в кресло и пододвигая к себе сборник старинных немецких гравюр.

Кисельников принялся расхаживать по гостиной, рассматривая картины.

"Все выходит совсем-совсем не так, как мы с отцом предполагали,— думал он.— Вместо Свияжских я очутился вот где, да чуть ли не здесь и поселюсь. Чудно! А гвардия-то моя все же, кажется, тю~тю".

Словно в ответ на его мысли раздался голос до сих пор молча рассматривавшего гравюры юного Свияжского:

— Знаете, что хотел бы я вам посоветовать? Не старайтесь вы поступать в гвардию. Мой отец прав: для службы в ней нужны очень крупные средства. Без них вы не будете равным с товарищами. Да и кроме того, настоящая служба в армии, а в гвардии — больше забава. Кто хочет быть настоящим военным, тот должен пройти через армейскую лямку. Если вы согласитесь служить в армии, мы вас живо устроим: через несколько недель будете офицером. Я и сам перешел бы в армию, если бы отец...

11

В этот момент в дверях появился мужчина лет тридцати: среднего роста, стройный, с красивым, добродушным лицом. Щеки у него были слегка подрумянены, брови подведены; на нем были голубой шелковый фрак, белый камзол с украшенными бриллиантовыми "розами" золотыми мелкими пуговицами, синие бархатные панталоны в обтяжку, белые шелковые чулки и легкие башмаки синего сафьяна с высокими красными каблуками и золотыми пряжками. В левой руке он держал огромный черепаховый лорнет, правой посылал воздушные поцелуи Николаю Андреевичу.

— Долго ждал, а? Что давно не заглядывал? А мы вчера у Винклерши всю ночь в фараона {Карточная игра.} жарили. И, представь, я выиграл! — заговорил Лавишев, облобызавшись с Николаем Андреевичем и поклонившись Кисельникову.

— Занят был. А у меня к тебе, Петр, дельце есть.

Лицо Петра Семеновича приняло скучающее выражение.

— Терпеть не могу дел!

— Да это не трудное. Пойдем немножко пошептаться.

Свияжский отвел приятеля в дальний угол и стал говорить ему про Александра Васильевича. До Кисельникова долетали восклицания Лавишева: "Конечно! Отчего же нет? С величайшим удовольствием! Что, мне жалко, что ли? Все равно комнаты стоят пустыми. Обучим, обучим".

По окончании переговоров Свияжский, лицо которого сияло удовольствием, познакомил Кисельникова с Лавишевым.

— Вот он самый и есть тот провинциал, о котором я тебе сейчас говорил,— сказал он, обращаясь к Петру Семеновичу.— Александр Васильевич Кисельников, Надо из него сделать столичного жителя.

— Сделаем. Это нетрудно. Ведь вы не из обидчивых?

— Ой, нет! — помолвил юноша.

— Тогда и дело в шляпе. Пока что распорядимся! — Лавишев дернул шнурок звонка и сказал вбежавшему лакею: — Приготовь-ка третий этаж, почисть и прочее... Вот этот господин займет его. Я вас прошу, Александр Васильевич, остановиться у меня, сделайте мне честь. Туда снесешь и их вещи! — снова сказал он лакею.— Людей их и лошадей накормить. Одним словом, распорядитесь, чтобы все было как следует. Да поживей. Ступай!

— Благодарю вас,— с поклоном проговорил Кисельников по уходе лакея.

— Позвольте, кто вас учил так кланяться?

— Мой отец три года француза для манер держал,— не без гордости сказал Александр Васильевич.

12

— Верно ваш француз был из цирюльников. Разве так кланяются? Надо вот как.— И Лавишев сделал изящный поклон по всем правилам искусства того времени.— А ну-ка, повторите,— предложил он юноше.

Кисельников, красный от смущения, неловко поклонился, подражая Лавишеву.

— Ничего, привыкнете. А выньте-ка платок...

Вынимать и развертывать с шиком пестрый фуляр было одним из условий светскости. В движении Александра Васильевича, разумеется, никакого шика не оказалось. Лавишев и в этом наставил его, а затем стал заставлять его повернуться, надеть и снять шляпу, сделать поклон и т. д.; одним словом, усердно муштровал юного провинциала.

— Из него будет толк, Николай,— наконец сказал он Свияжскому, с улыбкой наблюдавшему за "уроком".— А теперь я хочу ку-у-шать, ку-у-шать,— протянул он нараспев, как капризный ребенок.— Я еще не фриштыкал {Закусывать до обеда, завтракать.— Прим. ред.}. Каково, а? Едемте к Иберкампфу поесть.

— А не лучше ли к Гантоверу? — проговорил Николай Андреевич.

Лавишев комично поклонился.

— Благодарю! Я еще не хочу умирать с голоду. Что мы найдем у твоего Гантовера? Нет, к Иберкампфу, и никаких. У вас есть запасное платье? — внезапно обратился он к Кисельникову.— Впрочем, если и есть, то сшито по провинциальной моде; следовательно, не годится. Мы с вами почти одного роста. Не побрезгуйте, наденьте мое. Вам пойдет красный фрак; я его только один раз надевал. Заметьте, у меня правило: никогда не надевать дважды одного и того же костюма. Согласны? Григорий, Григорий! — крикнул Лавишев, дергая в то же время шнурок звонка. Лакей вбежал как ошалелый.— Проведи их милость в мой кабинет и помоги одеться,— приказал хозяин.— Возьми мой красный фрак, лосины, ботфорты... Одним словом, третьего дня я надевал. Маленький парик достань для них... Знаешь, что из Парижа прислан. Букли, смотри, вели завить потуже. Ну, иди! Александр Васильевич, он вас живо оденет. А мы пока, Коля, пойдем посмотреть моего нового "араба". Я тебе скажу, не лошадь, а огонь. Да вот сам увидишь.

Кисельняков пошел вслед за лакеем, а Свияжский и хозяин отправились смотреть нового "араба".

— Издалече изволили приехать, ваша милость? — спросил лакей, помогая Александру Васильевичу одеваться.

13

— Из-под Елизаветграда.

— Не слыхал о таком месте; должно, далече. Позвольте, ваша милость, я вам кружавчики оправлю. А, небось, хорошо теперь там-то, в ваших местах: цветы и всякое произрастание. Не то, что здесь. У нас жизнь столичная.

— А что же, хотел бы ты в деревню?

— Ну, этого не скажу. Потому там что же? Хлеб, квас да маята. Здесь мы и сыты, и прочее... Дозвольте камзольчик застегну. А паричок как раз по вас. Очень, доложу вам, фрак этот идет вашей милости и сидит без морщинки. Косица прямо ль лежит? Так, совсем все как следует.

Выйдя по окончании переодевания в гостиную, Александр Васильевич не застал в ней никого: очевидно, приятели все еще любовались "арабом". Молодой человек воспользовался этим временем, чтобы взглянуть на отведенное ему Лавишевым помещение. Поднявшись на третий этаж, он застал там хлопотавшего Михайлыча. У старика глаза были мутны, щеки сильно порозовели.

— Александр Васильевич! — воскликнул он, всплеснув руками как-то уж со слишком большим жаром.— Да тебя, право, не узнать. Совсем фон-барон. Н-да! Питер — это, я тебе скажу, штука. Однако в какой мы дом, то есть, попали? Куда, скажи, сделай милость, нам этакие палаты? Десять комнат! И везде мебель, везде... И даже эта самая музыка. Пальцем ткнешь — играет. А только пылищи! Н-ну... Порядки здесь вообще... особенные порядки. Приехали — перво-наперво по шкалику анисовой. Хорошая водка, что говорить, Прошка у коней так и завалился.

— Как у коней? Что такое?

— Ну да. Пошел им овса насыпать, упал между коников и захрапел. Я уж его и не будил — пусть спит. Сам овса засыпал. Надо правду сказать — всего вволю. А только бестолочь такая, что... ну-ну! Приехали мы, чего уж говорить, голоднехоньки. Ну нас сейчас честь-честью: "Есть хотите? Пожалте!". Анисовки это, того-сего...

— Простой водки не подавали?

— Как не подавали? Под-давали. И даже очень. Едим-едим... Все какие-то пичужки, телятина и вообще фрухты... Спрашиваю: "А когда ж, братцы, щи-то?"-. А они как фыркнут. "У нас,— говорят,— щей не водится, да после бекасов (такое слово надо ж выдумать: бекасы!) щи и не к месту. Не хочешь ли зуппу {Суп.}?". Попробовал — водица с крупой, однако, съел. После наливкой запили и какую-то пастилу к ней давали.

Старика заметно качнуло.

— А наливки-то, видно, Михайлыч, ты порядочно выпил? — укоризненно произнес Кисельников.— А я еще надеялся на тебя, Михайлыч!

— И можно надеяться. Глянь, постели устроил. Твоя — там, моя — здесь.

— Мягкая у тебя постель? Да, кажется, коротка тебе?

— Зачем коротка? Гляди! — И старик, забравшись на устроенное им ложе из дорожных пуховиков и тулупов, чуть не с головой ушел в мягкие подушки.— Хор-ро-шо,— с наслаждением потягиваясь, сказал он.

— Ты полежи, а я сейчас приду,— промолвил Александр Васильевич, и ушел, оставив своего верного дядьку сладко дремлющим на мягком ложе.

В гостиной Кисельникова дожидались Свияжский и Лавишев.

— Куда вы запропастились? — спросил последний.— Я думаю, что у Иберкампфа уже тьма народа. Фрак на вас — что влитой. Едем, господа! Григорий! Лошади поданы?

— Поданы,— издали откликнулся лакей.

— Трогаемся: голод — не тетка. Меня ждет фриштык, фри-иш-тык! О, блаженство!

Лавишев что-то засвистел, и предводимые им Свияжский и Кисельников пошли через анфиладу комнат к выходу.

У подъезда ждала чудная английская коляска, запряженная парным цугом четырьмя белоснежными жеребцами в сбруе с посеребренными бляхами, со сверкающими блестками султанчиками из перьев над холками.

Усевшись в экипаж, Петр Семенович коротко крикнул кучеру: "К Иберкампфу!". Возница не переспросил, ему было хорошо известно это злачное место веселящихся петербуржцев того времени.

IV

Можно было подумать, что у Лавишева полный город знакомых: он то и дело снимал свою вощанковую шляпу и кланялся направо и налево. Изредка его примеру следовал и молодой Свияжский. Один только Александр Васильевич сидел неподвижно, рассеянно блуждая взглядом по лицам прохожих и проезжающих, по фасадам красивых зданий. Все ему здесь было незнакомо и чуждо. Он готов был бы думать, что видит сон, если бы чужой фрак не резал под мышками, да сидевший напротив него Николай Андреевич не обращал его внимания на какую-нибудь промчавшуюся в блестящем экипаже львицу света или полусвета да не указывал на тот или другой из домов, чем-либо замечательных.

На обращенные к нему фразы спутников Кисельников отвечал коротко, улыбался, старался принять веселый вид, но на самом деле ему было не по себе. Чем-то фальшивым, неестественным веяло на него от всего окружающего, начиная с нарумяненных и набеленных лиц господ и барынь и кончая подстриженными деревьями вдоль Невского проспекта. Провинциал, выросший на лоне природы, не мог отдать себе ясный отчет, что, в сущности, ему не нравится: все, казалось бы, было красиво, изящно, но почему-то не лежало его сердце к этой кипевшей вокруг него жизни на новый образец.

— Тпрр! — круто осадил кучер лошадей, в тот же момент соскочивший с запяток лакей чуть не на руках вынес господ из коляски.

У Иберкампфа народу собралось уже много. Большинство было своих: людей того общества, в котором вращались Свияжский и Петр Семенович. Их встретили громкими восклицаниями, наперебой приглашая к своим столикам. Однако Лавишев почему-то занял отдельный стол и с видом священнодействующего жреца начал заказывать фриштык. Он брюзжал, ворчал, что даже и у Иберкампфа теперь есть нечего, учил лакея, как надо приготовить какое-то особенное, изобретенное им самим, кушанье, а когда снедь и вина были наконец выбраны, вздохнул с облегчением и, красивым движением развернув фуляр, осторожно, чтобы не стереть румян, вытер вспотевшее лицо.

Фриштыкал Лавишев так же особенно: он не ел, а смаковал кушанья, чем составлял полную противоположность Кисельникову, который как напал на пришедшееся по вкусу блюдо, так и наелся им до отвала.

Фриштыкая, Лавишев не переставал перекидываться фразами с приятелями: то не стесняясь кричал кому-то о какой-то Каролинке, честью клялся, что у нее волосы крашеные, и бился об заклад, что уличит ее; то хвастал своим новым "арабом", то восхвалял качества недавно приобретенного пса Полкашки. Свияжский, хотя и не был очень оживлен, однако тоже нашел себе много собеседников. Одному только Кисельникову не с кем было вступить в беседу.

Он молчал и, ощущая на себе насмешливые взгляды окружавших его светских щеголей, сразу узнавших в нем провинциала, деревенщину, смущенно краснел и потуплял глаза.

Свияжский, случайно взглянув на часы, быстро поднялся и стал прощаться.

— Посиди. Куда спешишь? — уговаривал его Лавишев.

Но тот не сдался. Крепко пожав на прощанье руку Александру Васильевичу и сказав: "Завтра увидимся и потолкуем", он торопливо удалился.

— Что его укусило? — заметил кто-то из знакомых.

— Полагаю, что здесь виноват проказник Амур,— смеясь ответил Петр Семенович.

С уходом Свияжского Кисельникову стало еще больше не по себе. Наконец он не выдержал.

— Я тоже думаю уйти, Петр Семенович,— сказал он, вставая.

— Вы-то куда? — удивился Лавишев.— Полагаю, что амуров в Питере вы еще не успели завести?

— Хочется отдохнуть с дороги,— изобрел предлог Александр Васильевич.

— Ну, ваше дело, отдыхайте. А я вас хотел, милейший, познакомить вечерком с одной об-во-ро-жи-тель-ней-шей женщиной. Я вам скажу — богиня!.. Впрочем, если устали, не удерживаю. Дорогу найдете? А то возьмите моих лошадей... Стойте! Послушайте хоть Глашу: это — тоже своего рода перл.

Между столиками пробиралась, в сопровождении нескольких других женщин в пестрых платьях и мужчин в ярких вышитых куртках, молодая смуглолицая девушка с миндалевидными черными глазами, красивым, но несколько хищным профилем и с гордыми, тонкими бровями. Она шла, улыбаясь направо и налево; что-то мягкое, кошачье сквозило в движениях ее гибкого стана. Затем Глаша села в кресло посередине зала, лениво щелкнула струнами мандолины, и вдруг ударила по ним. И зарыдали, залились они страстным, бурным и томным напевом.

Из смежной комнаты, где неистово дулись в "фараон" какие-то офицеры, игроки вышли в зал, побросав карты. Публика притихла.

Все более бурно, все более тягуче страстно и томно рыдала мандолина. Вдруг огонек блеснул в глазах Глаши. Прозвучал аккорд, другой, тихо замирая, и к звуку струн присоединился человеческий голос. Глаша запела, тихо, медленно, слегка покачивая стройным станом. Голос креп, темп ускорялся. Песня бурной любви полилась неукротимой волной. Певица уже не сидела; она стояла, притопывая ножкой, и со страстной мольбой простирала руки куда-то вдаль, к кому-то неведомому, бесконечно любимому.

Вдруг ее песню подхватил хор. И могучая волна звуков, манящих к неге и страсти, вынеслась из зала на улицу. Прохожие останавливались, прислушиваясь, и многие из них различали среди могучих басов и звонких сопрано звенящий, как серебряный колокольчик, голосок Глаши.

Посетители Иберкампфа показали себя истыми представителями славянской расы. Несмотря на атласные и шелковые фраки, немецкие кафтаны и расшитые камзолы, под этой иноземной, чуждой одеждой жил коренной русский дух, билось русское сердце. Запела Глаша, и куда делись солидность и чопорность "джентльменов", для которых англичанин был идеалом европейца; куда делась искусственно веселая болтовня "французов" — а таких было большинство,— готовых не пожалеть и отца родного для хорошего mot {Словца (фр.).}}; наконец, куда исчезла сдержанность тех господ, которые находили, что величайшая в свете нация — немцы, по той простой причине, что у них был король Фридрих Великий (они, конечно, благоразумно забывали, что если бы не скончалась императрица Елизавета Петровна и на престол не вступил бы Петр III, то не было бы не только Фридриха Великого, но и самой Пруссии, которая уже была накануне превращения в простую русскую губернию).

Песня зажгла кровь русских. Сами собой начали притопывать в такт песни ноги; зазвучали аккомпанементом — быть может, и не совсем стройным — бокалы и стаканы. Кто-то подхватил песню. За ним другой. И вдруг сотни голосов, под звон бокалов, под стук палок или удары кулаком по столу, подхватили зажигающую кровь песню.

Проходивший по улице мещанин заслушался было, а потом, натянув шапку на уши, с тяжелым вздохом пробормотал: "Баре веселятся... Д-да! Баре веселятся!". И поплелся дальше.

Зато Глаша пожинала жатву несеяную. На поставленный возле нее на стуле поднос дождем, со звонким ропотом, летели червонцы и рубли (первые преобладали). Щедрым дарителям был наградой ласковый взгляд черных глаз певицы.

И едва ли кто из бросавших деньги подумал, что каждый рубль, который он, сытый и даже пресыщенный, ничего не делающий барин, кидал зажигательной певице, был омыт слезами и кровью крепостного раба, у которого, быть может, дети пухнут от голода, когда их владыка веселится, расшвыривая деньги кровные, в буквальном смысле этого слова. По воле незабвенного Царя Освободителя пало и навеки исчезло позорящее Россию крепостное право, полною грудью вздохнул свободный русский народ, но в ту эпоху, к которой относится наше повествование, мало кто задумывался над ненормальностью того положения, когда небольшая, сравнительно с массой населения, группа дворян-помещиков живет на средства закабаленного, обнищавшего, стонущего под игом рабства многомиллионного народа. Легко доставались деньги барам, легко и тратились.

Общее веселье захватило и Кисельникова. Забурлила молодая кровь, неровно стала дышать грудь, и в глазах, устремленных на Глашу, блеснула страстная искорка.

От Лавишева не укрылось его волнение.

— Что, разобрало? — с улыбкой сказал он.

Юноша вспыхнул. Как будто завеса упала с его глаз. Он окинул взглядом зал: повсюду возбужденные, красные лица большей частью подвыпивших людей, под потолком нависло облако табачного дыма. Розовый свет вечернего солнца падал на кривлявшуюся Глашу, блестел на мишуре наряда, заставлял безобразными нашлепками выступать румяна на щеках красотки. Что-то гадкое было в картине этого веселья, что-то поддельное, неестественное. Тяжело и смутно стало вдруг на душе молодого провинциала; червячок совести шевельнулся в глубине его чистой души, как будто он сделал что-то нехорошее, недостойное. Его потянуло вон из этого шумного, веселящегося общества.

— Ну, я пойду,— сказал он, а затем быстро пожал руку Лавишеву, взглянувшему на него с удивлением, и пробрался между столиками к выходу.

— Кто это? — играя лорнетом, спросил Петра Семеновича какой-то юный щеголь.

— Приезжий. Совершенно не светский человек, деревенский медвежонок, которого надо обломать. Немножко чудаковатый парень,— ответил Лавишев и, завязав веселый разговор на какую-то пикантную тему, вскоре забыл и думать о Кисельникове.

Между тем Александр Васильевич быстро шел к дому Лавишева. Дорогу он хорошо запомнил и не боялся сбиться. Во фраке он чувствовал себя неловко среди прохожих; непривычная одежда стесняла его; ему казалось, что все на него смотрят, что он донельзя смешон в этом щегольском наряде, хотя на самом деле ничего подобного не было.

Придя в свое жилище, столь неожиданно обретенное им, Кисельников нашел Михайлыча по-прежнему крепко спящим. Неприветливой, неуютной показалась юноше анфилада огромных комнат, уставленных роскошной, но запыленной мебелью. Было что-то нежилое в этих барских покоях. Шаги Александра Васильевича гулко отдавались. Громкий храп Михайлыча разносился по всему этажу: только он и нарушал мертвую, тоскливую тишину.

Юный провинциал отыскал свою дорожную одежду, очевидно, предупредительно принесенную лакеем, и, с наслаждением скинув с себя тесный фрак, переоделся в прежний немодный, но спокойный и удобный кафтан, не без удовольствия сдернул парик, погладил коротко остриженную, вспотевшую голову и в своем обычном одеянии сразу почувствовал себя бодрее. Расположение духа заметно улучшилось.

Быть может, немалую роль в улучшении настроения Кисельникова играло и то обстоятельство, что он чувствовал себя укрытым от зорких взглядов светских щеголей и мог стать снова самим собой, а не исполнять роль куклы, которую заставляют делать то, что вздумается ее обладателю. Он прошелся раз-другой по длинному ряду комнат, поглядел в окно на полную движения улицу и зевнул: становилось нестерпимо скучно. Делать было решительно нечего, а громкий, протяжный храп Михайлыча навевал дремоту.

Мелькнул вопрос: как убить время? Лечь спать было слишком рано, читать — нечего; правда, Кисельников нашел завалявшуюся книжонку, но она оказалась французской, а Александр Васильевич знал этот язык далеко не в совершенстве. А скука томила.

"Пойти, разве, побродить одному?"

Эта мысль улыбнулась Кисельникову. Теперь, в своем привычном костюме, он уже не боялся, что станет стесняться прохожих, ему не надо было заботиться о том, так ли он держит руки, достаточно ли ловко вынет платок; он мог идти своей обычной, вразвалку, походкой и знать, что ничей взгляд не будет осуждать неграциозность.

"В самом деле пойти пройтись. Что здесь-то делать?" — решил он, кзяв свою дорожную шляпу, напялил ее на голову как попало и вышел из дома, посвистывая.

Юноша шел не спеша, останавливался перед окнами магазинов, любуясь выставленными заморскими диковинками, приглядывался к городу. Ему довелось ранее повидать проездом Москву с ее Кремлем, старинными церквами, старинными же барскими палатами. Все там было солидно, прочно, сложено веками и на многие грядущие века. После нее Петербург того времени производил впечатление чего-то скороспелого, недоделанного: там и сям высились великолепные здания, но бок о бок с ними располагались пустыри или ютились жалкие домишки, по-видимому, сколоченные на скорую руку. Даже лучшая улица — Невский проспект,— которой Петербург гордился, оставляла желать много лучшего: достаточно сказать, что от Полицейского моста до Адмиралтейства нынешний Невский был застроен дрянными, покосившимися домишками, да и дальше, по направлению к лавре, каменные дома в изобилии чередовались с деревянными.

Что действительно понравилось Кисельникову в Петербурге, так это Нева. Вышел он на набережную, облокотился на перила и залюбовался. Царственная река текла величаво-спокойная, красным золотом сверкая в лучах заходящего солнца; там и сям сновали лодки, медленно скользили суда, белея парусами, чуть надуваемыми легким ветром.

Киселышков стоял у перевоза. Внизу, на плоту, какой-то высокий человек лет сорока, одетый в потертый кафтан и старенькую шапку, видимо, горячась, махал руками лодочнику, призывая его с того берега приехать за ним. Вдруг махавший круто повернулся в сторону и словно замер. На его умном, несколько одутловатом лице, отразилась тревога.

— Ай, грех! — воскликнул он, всплеснув руками.— Лодочник! Лодочник! Ведь потонут, ей-Богу!

Алексавдр Васильевич невольно взглянул в том направлении, куда смотрел кричавший, и тоже на мгновение остолбенел: вниз по течению несло перевернутую лодку. Несколько человек барахтались в воде, плывя в разные стороны; какой-то совсем юный парень силился поддержать на воде захлебывавшуюся девушку, во, видимо, изнемогал; ее мертвенно-бледное лицо было прекрасно, как лицо мраморной богини, в широко раскрытых глазах застыл смертельный ужас. Наверняка они должны были погибнуть.

— Лодочник! — продолжал вопить человек на плоту.

— По... мо...гите! — хрипло крикнул парень.

Не отдавая себе ясного отчета, в стремительном порыве сердца Александр Васильевич сбежал на плот, сбросил кафтан, перекрестился, кинулся в воду и поплыл навстречу утопавшим.

Все это было делом одного мгновения. Стоявший на плоту потертый господин, звавший лодочника, сперва ахнул, потом, наблюдая, как Кисельников широкими, смелыми взмахами рассекал воду, прошептал с видимым удовольствием:

— А этот молодец спасет их!

На набережной тут же столпились прохожие, привлеченные происшествием. Невдалеке послышались гулкий конский топот и шум нескольких экипажей. Головы быстро обнажились, по толпе сдержанно пронеслось:

— Государыня!

V

В одной из ближайших к Неве линий Васильевского острова, в небольшом деревянном доме ютилась убогая лавочка; старая, заржавленная вывеска над ней гласила: "Позументный мастер Маркиан Прохоров". В описываемый день дверь лавочки была наглухо закрыта, а из распахнутых окон, заставленных горшками с чахлой геранью и бальзаминами, и из прилегавшего к дому маленького сада доносились на улицу шум голосов, восклицания, звон стаканов и хлопанье откупориваемых бутылок: хозяин лавочки справлял свои именины.

Сам виновник торжества, мужчина лет за пятьдесят, с добродушным красноватым лицом, обрамленным жидкой темно-русой с сильной проседью бородой, разодетый по-праздничному в ярко-алую шелковую рубашку и, поверх ее, в кафтан тонкого сукна, сидел в саду среди приятелей. На круглом столе, состоявшем из дощатого щита (прикрытого в данный момент пестрой скатертью), прикрепленного к врытому в землю столбику, красовались пухлые пироги, жареные куры, соленая разнообразная рыба и иная разнородная снедь; среди яств высились бутылки разных фасонов и основательные графины с водкой и наливками разных сортов.

Хозяин усердно угощал; сам он пил мало, но все же его крохотные глазки уже несколько посоловели. Приятели, составлявшие его компанию, были все людьми солидными: двое хозяев-сапожников, старший подмастерье голландского бриллиантщика, несколько товарищей по профессии именинника, имевших свои заведения, подобные прохоровскому, один гробовщик и несколько купчиков средней руки.

В доме, под председательством хозяйки, Анны Ермиловны, расположились разнаряженные жены гостей, угощаясь сластями, налегая на наливки и бойко судача о своих знакомках и знакомых.

Молодежь разбрелась и по дому, и по саду мелкими группами, а то и парочками, за которыми зорко наблюдали всевидящие очи мамаш.

Было немало миловидных девушек, но среди них более всех выделялась хозяйская дочь Маша. Среднего роста, стройная, с прекрасным цветом лица, с золотистой косой, дивным профилем и задумчиво-мечтательным взглядом темно-голубых глаз, она казалась красавицей, которой под стать было блистать на придворных балах, а не проводить монотонную и унылую жизнь в более чем скромной лавке позументщика. Подобные красавицы, выдаваясь своей наружностью из среды окружающих, видя всеобщее преклонение и похвалы их красоте, начинают страдать самомнением, смотреть на всех свысока и превращаться в бездушные и пустые существа. К счастью, Маше еще не успели напеть достаточно о ее счастливой наружности, и она, не придавая ей никакого значения, оставалась простой, милой и доброй девушкой.

Однако была пара глаз, в которых девушка слишком часто подмечала нескрываемое восхищение, когда они устремлялись на нее, и которые заставляли ее ярко вспыхивать, а порой недовольно сдвигать брови и надувать губки. Но в глубине души она сознавала, что встречается с этими глазами не без удовольствия и что сверкающий в них огонек заставляет ее странно и сладко волноваться. Их обладатель не раз грезился ей во сне, и подобные сновидения она не считала неприятными.

Эти глаза принадлежали очень маленькому, в смысле общественного положения, человеку, мещанину Илье Сидорову, получившему от товарищей почему-то прозвище Жгут. Он был старшим подмастерьем Маркиана Прохорова; про него говорили даже, что он — правая рука хозяина. Илье было лет двадцать с небольшим, и добиться в столь юном возрасте почетного звания старшего подмастерья помогло ему знание позументного дела, которому он обучился легко и скоро и в котором, по выражению приятелей, собаку съел. Прохоров ценил его и дорожил им, тем более что Сидоров был не крестьянин, а мещанин, следовательно, человек вольный и,

23

при своем знании, легко мог бы найти работу у любого из конкурентов почтенного Маркиана Прохорова, а их было в столице немало.

Илья был недурной наружности. Среднего роста, стройный, с чистым лицом, на котором еще не пробились усы, с живым взглядом серых глаз и румянцем во всю щеку, он производил хорошее впечатление; к этому надо добавить, что он был весельчак, краснобай и изрядный грамотей. Девушки на него посматривали весьма и весьма охотно, но сам он смотрел только на хозяйскую дочку.

В трех различных по возрасту, а отчасти и по общественному положению, группах, на которые разделилось собравшееся у именинника общество, конечно, велись совершенно различные разговоры.

— Нет, ты не скажи, Захар Кузьмич,— говорил хозяин, наливая осанистому купчику объемистый стакан пива.— Хотя ты человек почтенный, а об этом толковать изволишь неправильно. К примеру, возьмем я. Что я есть за человек? Оброчный крепостной князя Семена Семеновича Дудышкина. Однако живу. Барин в конной гвардии служит, и видал я его, дай Бог, десяток раз. Все дела у управляющего, а с ним я в ладах. Приедет за оброком, я его честь-честью угощу, оброк заплачу — и снова вольный на целый год человек. И никто меня не тронет, и живу себе помаленьку, и Бога благодарю. Порой, ей-ей, забудешь, что и крепостной. Ты говоришь, выкупиться надо бы. Да зачем мне зря деньги кидать, если и так ладно живется? К тому же и денег лишних нет, все в деле.

— А все же ты — не то, что вольный,— стоял на своем купчик.— А вдруг барину твоему дурь придет: "Не хочу Маркиана Прохорова на оброке держать, посадить его на землю!". Что тогда скажешь? Изволь на старости лет за сохой ходить, и ничего не поделаешь.

— Никогда этого быть не может! — мотая головой, воскликнул именинник.— Барин тоже свою выгоду блюдет: на барщине я что за работник, а оброк плачу чистоганчиком.

— А не заплатишь ему разок-другой, вот он тебе и покажет.

— Зачем не платить? Надо платить.

— Да ведь мало ли что может быть? Во всем Бог волен. Болезнь приключиться может или мало ли что...

— Тьфу, тьфу! — заплевался хозяин хмурясь и свел разговор на другую тему.

Разговоры хозяйки дома касались иной почвы.

— Который годок Машеньке-то? — спросила старуха в пестром платке.

— К Покрову семнадцатый пойдет,— ответила Анна Ермиловна, тучная женщина, с водяным, нездоровым, дряблым лицом и бесцветными, ничего не выражающими глазами.

— Бежит время. Пора и о женишке подумывать.

— Ныне женихи-то все одна шишь-голь,— со вздохом промолвила хозяйка.

— Ну, есть разные. Не все же,— вмешалась в разговор дебелая жена гробовщика и посмотрела в ту сторону, где громко хохотал ее долговязый сын с веснушчатым лицом.

— Ныне все на приданое зарятся,— стонала хозяйка.

— Так ведь у вас достаточек есть,— выпытывала гробовщица.

— Живем со дня на день, с голоду не помираем. А приданого за Машей — вот эта лавка, когда, не дай Бог, Маркиан помрет.

— Так,— протянула собеседница и снова, но уже с некоторой строгостью, посмотрела на сына, который слишком часто и слишком пристально поглядывал на бесприданницу — дочь позументщика.

— Скажу я вам: и достаток от Бога, и недостаток от Бога. И, как Он, милосердный, захочет, так и содеется. Иной бедняк стонет, жалуется, глядь — привалило счастье, тысячником стал. А богатеи разоряются. Все от Бога,— прошамкала старушонка в полумонашеском наряде, пользовавшаяся большим уважением за свое благочестие.

Старшие вели или старались вести серьезные разговоры, чтобы не уронить своей солидности. Молодежь об этом мало заботилась. Среди нее царило непринужденное веселье, и молодой смех звонко раздавался по дому и по саду.

— Господа! Давайте в горелки,— предложил кто-то.

— Где, здесь? Места мало,— возразил Илья.— Вот здесь в уголочке махнем "дид-ладо".

Толпа юношей в ярких рубахах и девушек, пестревших платьями, разделилась на две группы, и по саду разнеслось и вынеслось на улицу громкое: "А мы просо сеяли, се-я-ли. Ой, дид-ладо, сеяли, се-я-ли!". И задорный ответ: "А мы просо вытопчем, вытопчем. Ой, дид-ладо, вытопчем, вытопчем!". Затем следовало утешительное: "А нашего полку прибыло, прибыло".

Вскоре молодежь утомилась монотонной игрой и,

рассевшись на доске-качалке, принялась грызть орехи, обмениваясь шутками и подтрунивая друг над другом.

— Скучновато сегодня у нас,— сказала Маша сидевшему рядом с ней Сидорову.

— Придумать что-нибудь? Я уж и то подумывал, да не знаю, что бы такое. А знаете, Марья Маркиановна, ежели бы на лодке покататься? — И, не дожидаясь ее ответа, говоривший тотчас же во всеуслышание предложил: — Господа! Кто хочет на лодке кататься? Погодка-то — благодать.

Часть охотно откликнулась, часть отказалась.

— Так, кто хочет, пойдемте. Марья Маркиановна, уж вы извольте с нами! — воскликнул Илья.

— Не знаю, позволят ли тятенька и маменька,— отозвалась хозяйская дочь.

— Мы упросим! — сказали разом несколько голосов. Через минуту Маркиана Прохоровича окружила гурьба молодых людей, наперерыв просивших за Машу.

Старик махал рукой и с добродушной улыбкой повторял, желая отделаться:

— Я ничего... Как мать. К ней идите, ее просите. Отпустит — ну и ладно.

Молодежь отправилась упрашивать Анну Ермиловну. С нею переговоры были труднее. Старуха уперлась на одном: а вдруг что-нибудь приключится? Ей, конечно, наперерыв доказывали, что приключиться ничего не может, что плавание в такой дивный день совершенно безопасно, что катание на лодочке в этакую благодатную погоду всем доставит большое удовольствие. Анна Ермиловна внимательно и, казалось, сочувственно выслушивала, а потом вновь разражалась стереотипным вопросом: "А ежели что приключится?". Дебаты возобновлялись снова. Наконец на помощь просившим пришли, во-первых, огорченное личико Маши, а, во-вторых, поддержка одной из солидных матрон:

— Да пусти ты их, Анна Ермиловна, в самом-то деле.

Старуха сдалась, но перед этим прочла целое наставление, как нужно себя вести на лодке, много трактовала, как необходима осторожность, и так далее.

Молодежь кивала головами и с нетерпением ждала, когда почтенная жена позументного мастера закончит свое словоизлияние.

Спустя четверть часа, компания с веселым смехом и боязливыми взвизгиваниями девушек усаживалась в лодки.

У Прохорова была своя небольшая лодка. В нее сели Сидоров, двое его приятелей, Маша и одна ее подруга.

Остальная часть желающих покататься наняла за алтын у лодочника большой катер.

Затем, как и часто бывает, возникло разногласие. Илья и сидевшие в лодочке хотели подняться вверх по Неве, чтобы назад, когда руки притомятся грести, легче было возвращаться, пользуясь течением. Находившиеся в катере протестовали против этого и настаивали, что в такую погоду лучше всего выплыть на взморье. Ни та, ни другая сторона не хотели уступить, и наконец обе лодки разъехались в разные стороны и вскоре потеряли одна другую из виду. Катер, подгоняемый течением и несколькими парами весел, быстро умчался, лодочка Прохорова, рулем которой правила Машенька, грузно поползла вверх по реке.

Подруга Маши, веснушчатая, белобрысая, некрасивая Дуня, беспрестанно взвизгивала и ахала с поддельным испугом; двое кавалеров сидели на веслах и лихо работали ими, а Илья, прихвативший в путь балалайку, ударил по струнам и запел, посматривая на Машу, песню о белой лебедушке.

У юной Прохоровой глаза блестели и щеки разгорелись. Было что-то ухарское в выражении ее лица.

— Захар Иванович! — сказала она одному из гребцов, худощавому, хилому малому.— Вы устали. Дайте-ка я за вас погребу... Я умею. А вы, Ильюша, играйте,— добавила она, видя, что Сидоров намерен, кажется, протестовать.

Гребец, к которому обратилась девушка, отер рукавом пот со лба и, по-видимому, не без удовольствия отозвался:

— Ежели вам, Марья Маркиановна, желательно, то...

Он выпустил весла, встал и, балансируя, пошел к корме, кривя рот несколько испуганной улыбкой и косясь на темную зыбь реки. Переступая через скамью, он сильно качнулся.

— Осторожнее! — крикнул с тревогой Илья.

Захар Иванович как-то неестественно мотнулся в одну, в другую сторону. Лодка закачалась и вдруг накренилась.

Девушки вскрикнули. Сидоров привстал и тем еще больше нарушил равновесие.

Раздались отчаянный крик, всплеск, и вслед за тем Захар Иванович, а за ним и все сидевшие очутились в воде около перевернутой лодки.

Все это было делом одного мгновения.

Илья Сидоров, вынырнув после падения в воду на поверхность реки, увидел Дуню и Захара Ивановича, уцепившихся за киль судна и неистово кричавших; другой из приятелей-гребцов отчаянно барахтался, силясь ухватиться за лодку, а дальше, в нескольких аршинах от себя, Сидоров

27

заметил искаженное ужасом, то показывавшееся из воды, то скрывающееся под нею лицо Маши. Илья умел плавать, и первым его движением было броситься на помощь утопавшей любимой девушке. Он подплыл к ней, чтобы взять за руку, но она сама судорожно ухватилась за его плечи. Маша плохо сознавала, что происходит. Как сквозь туман видела она блестящую белую пену, чувствовала, что захлебывается, что словно сжимают грудь какие-то холодные, упругие объятия.

Сидоров поплыл к берегу. Пальцы Маши как тисками сжимали ему горло. Он задыхался, изнемогал, напрягал все силы, но вскоре почувствовал страшную, свинцовую усталость.

"Конец... Смерть... Машенька",— смутно пронеслось в его голове.

Мелькнул в помутившихся глазах клочок темно-голубого неба; где-то, казалось, далеко-далеко темнели фигуры движущихся, что-то кричавших людей. Потом все закрыла волна. Илья глотнул воды раз-другой. В остатках сознания мучительно отозвалось:

— Тонем!..

И вдруг сильным толчок. И снова воздух, свет, солнце. Кто-то куда-то влечет. Все громче говор толпы.

Радостно дрогнуло сердце Сидорова: "Спасены!". Руки Маши более не сжимают его горла. Илья видит ее голову с распустившимися золотистыми волосами высоко над водой и рядом с ней мужественное, юное, прекрасное мужское лицо. Грудь Ильи дышит легко и глубоко; он снова может держаться на воде и плыть.

* * *

Спасителем Маши был Кисельников. Он быстро подплыл к утопавшим, сильным толчком выкинул тонувших на поверхность реки, оторвал руки Маши от горла Ильи и, поддерживая одной рукой ее и подталкивая Сидорова, поплыл к берегу. Через минуту он был уже у плота, откуда протянулось много рук, чтобы помочь выбраться из воды.

У опрокинутой лодки уже хлопотали лодочники: все участники катания были спасены, отделавшись только купанием, которое, однако, по крайней мере Илье и Маше, могло стоить жизни, не поспей вовремя Кисельников.

Маша была без чувств; над нею принялся хлопотать быстро оправившийся Сидоров.

— Молодчинище! — хлопнув по плечу Кисельникова, надевавшего кафтан, воскликнул тот самый мужчина, которого Александр Васильевич видел ранее на плоту и который звал лодочника.— Молодчинище! Дайте пожать вашу руку, а Александр Петрович Сумароков не многим сие с охотой делает.

Сумароков! Юный провинциал хорошо знал это имя, молва о нем достигла и до медвежьих углов: лучший (или, по крайней мере, считавшийся таковым) русский писатель.

Кисельников с восхищением смотрел на красивое, несколько надменное лицо автора "Хорева" и, крепко пожимая ему руку, растерянно и восторженно повторял:

— Господин Сумароков... Тот... Помилуйте! Наслышан!

Событиям дня для Александра Васильевича еще не суждено было окончиться на этой встрече. На мостках, ведущих к плоту, появился осанистый господин с генеральским плюмажем на шляпе. Он подошел к Кисельникову и с важной ласковостью проговорил:

— Иди-ка со мной, любезный: государыне императрице благоугодно тебя видеть.

— Как? — переспросил провинциал, оторопев.

— Иди, иди со мной,— вместо ответа сказал генерал и стал подниматься по мосткам на набережную.

Александр Васильевич следовал за ним, как в тумане. Он был подавлен, ошеломлен.

Государыня, прибывшая в этот день в город из своей летней резиденции, увидев на набережной скопище народа, приказала остановиться и поинтересовалась, что привлекло толпу. Вскоре и без объяснений она поняла, в чем дело. На глазах императрицы Кисельников бросился в воду и вытащил утопающих Машу и Илью.

— Надо взглянуть на этого молодца. Позовите его ко мне,— приказала государыня сопутствовавшему ей генерал-адъютанту.

Приказание было, конечно, исполнено без замедления.

Машинально шагая за генералом, Кисельников, как во сне, различил шестерку чудных коней и легкую английскую коляску, из которой с любопытством смотрели на него несколько пар глаз. Генерал подвел его к экипажу и проговорил:

— Вот он, ваше величество.

Словно что-то подтолкнуло Александра Васильевича, и он низко поклонился, а потом стал у коляски с каким-то виноватым видом, боясь поднять глаза, не зная, куда деть руки. Одежда его, кроме кафтана, была мокра, на лице еще не высохли капли, с волос на плечи стекали струйки воды. Иной мог бы произвести в таком виде жалкое впечатление, но юный провинциал, при всем своем смущении и растерянности, не казался жалким: стройный, с красивым, мужественным лицом, на котором горел яркий румянец, пробивавшийся сквозь загорелую кожу, он был даже хорош.

— Кто ты такой? — раздался над ним мягкий, звучный женский голос.

Александр Васильевич поднял голову и встретился с ласковым взглядом прекрасных глаз. Звук этого голоса и этот взгляд влили что-то бодрящее в душу юноши. Робость как рукой сняло. Он выпрямился и, смело и доверчиво смотря на царицу, ответил:

— Елизаветградского помещика, отставного капитана, Василия Ивановича Кисельникова сын, Александр Кисельников, ваше величество.

— Григорий Григорьевич! — обратилась государыня к сидевшему против нее богатырю-красавцу, графу Орлову.— Ты запиши, как его звать, да при случае напомни мне. А как ты к нам в Питер попал? — снова обратилась императрица к Александру Васильевичу.

— Для поступления на службу в войска вашего императорского величества,— бойко ответил тот.— Сегодня только что приехал.

— Рада, когда поступают на службу такие молодцы,— с ласковой улыбкой промолвила Екатерина II.— Побольше бы мне таких. Я видела, как ты спасал. Понадобится что, проси: я тебя не забуду.

Величаво, ласковым наклоном головы великая царица дала понять, что аудиенция окончена. Кони тронулись, и царский поезд быстро скрылся в облаке пыли. А Александр Васильевич стоял недвижно, смотрел вслед и казалось ему, что все еще глядят и проникают в душу светлые, как звезды, царицыны очи.

Юношу окружила шумная толпа.

— Вот честь какая: с самой нашей матушкой царицей удостоился беседовать!

— Что изволили их величество вас расспрашивать?

От волнения молодой провинциал плохо слышал, что ему говорили, и отвечал рассеянно, односложно. Из толпы выбрались к нему Маша и Илья.

— Вот кто нас вытащил. Без него лежать бы нам теперь на дне,— сказал Сидоров хозяйской дочке, указывая на Кисельникова, а потом обратился к нему: — Господин!

Дозвольте спросить ваше имечко, чтобы знать, за кого нам вечно Богу молиться?

Александр Васильевич назвал себя.

— Уж тятенька и маменька-то их будут рады, что дочка спаслась! А всё вы. Уж сделайте, господин, милость, скажите, где изволите проживать: люди мы маленькие, а все же когда-нибудь, может, чем и пригодимся, отблагодарим.

— Что за благодарности? — пробормотал несколько конфузившийся от этих излияний Кисельников, но все-таки сказал адрес, чтобы поскорее отделаться.

Его рассеянный взгляд, скользя по окружающим лицам, пал на Марию Маркиановну и невольно остановился на ней. С разметавшимися, просыхающими золотистыми волосами, взволнованная, с бледным личиком, на котором вновь начинал загораться румянец, Маша казалась прелестной. Сильно ослабевшая, она тяжело опиралась на плечо Ильи; ее головка была опущена, а взгляд больших глаз застенчиво и вместе с тем пытливо смотрел на Александра Васильевича.

"Экая красоточка!" — невольно подумал юноша.

А в глазах Маши начали мелькать странные искорки, которых, верно, не довелось подметить в них Сидорову.

Все происшедшее — спасение утопавших, встреча с Сумароковым, неожиданное представление государыне императрице, наконец выражение благодарности спасенных — разыгралось в продолжение какой-нибудь четверти часа; пережив в столь короткое время столько разнообразных впечатлений, Кисельников почувствовал себя очень утомленным. Поэтому он поспешил распрощаться с Прохоровой и Сидоровым и, не без труда выбравшись из толпы, глазевшей на него, как на какую-то диковину, нанял первого встречного извозчика, а затем не без удовольствия покатил в свои апартаменты в дом Лавишева.

Михайлыча он застал уже бодрствующим. Старик избегал смотреть ему в глаза и виновато улыбался.

— Дай-ка мне поскорей переодеться,— приказал Александр Васильевич.

Дядька, заметив влажные полосы на одежде своего питомца, дотронулся до него и ахнул:

— Батюшки светы! Камзол-то хоть выжимай! Да ты что, купался в нем, что ли, Александр Васильевич?

— Купался и есть! — смеясь, воскликнул тот.

Ему хотелось поделиться с кем-нибудь пережитыми впечатлениями; он не утерпел и рассказал все Михайлычу.

Старик ахал и удивлялся, а когда узнал о разговоре

Кисельникова с императрицей, похлопал его по плечу и с восхищенной улыбкой заметил:

— Теперь не только в гвардию попадешь, а генералом будешь!

Александр Васильевич расхохотался, потом сказал:

— А пока я не генерал, напои-ка меня чайком, да я и спать завалюсь: устал очень.

— Это мы живой рукой. Однако и голова болит!

Михайлыч очень поспешно и с видимым удовольствием отправился на кухню. Обещанное "живой рукой" продолжалось настолько значительное время, что, когда он пришел, неся чайники с кипятком и чаем, Александр Васильевич, прикорнувший на устроенном ему заблаговременно дядькой ложе, спал крепким сном сильно уставшего человека.

Между тем Дуня, Захар Иванович и их третий спутник по несчастной и могущей стать роковой прогулке на лодке были подобраны подоспевшими лодочниками и высажены на Васильевский остров, а не на городскую сторону. Поэтому очень естественно, что они достигли жилища почтенного позументщика значительно раньше, чем Маша и Илья.

Своим появлением в доме Прохорова они произвели целый переполох. Захар Иванович, бледный, промокший, сразу всех огорошил как своим видом, так и заявлением: "Несчастье!". Анна Ермиловна дико завопила: "Где Машенька?". А когда в ответ раздалось очень неопределенное: "Кажется, спаслась. Лодочники говорили, вытащил ее и Илью какой-то господин", почтенная супруга позументного мастера стала жалобно причитать, мешая излияния скорби с упреками по адресу мужа, который провинился, отпустив Машу кататься.

— Чуяло мое сердце, ох, чуяло! Не хотела я отпускать! Все вот этот ирод!

А "ирод" метался, не зная, что делать. То он пытался утешить жену, то сам начинал хныкать, и товарищам приходилось уговаривать уже его:

— Погоди плакать-то: верно, спаслись.

— Надо поехать да разузнать,— сказал старик, не вставая, однако, с места: быть может, потому, что боялся узнать страшную истину.

После такого сумбура появление Ильи и Маши здоровыми и невредимыми вызвало целую бурю радости. Отец и мать целовали дочку так, как не доводилось и в день ее именин, зато на Сидорова сильно негодовали.

— С тобою ее отпустили, и чуть она не утонула.

— При чем тут я? Вините Захара Ивановича! — стал

оправдываться Жгут, но, видя, что доводы не помогают, сердито плюнул и ушел домой переодеваться.

Маша, облекшись в сухое платье, десятки раз должна была передавать рассказ о своем спасении и о господине, который спас ее и удостоился разговора с государыней.

— Надобно завтра непременно сходить поблагодарить его милость,— решил Маркиан Прохорович.

Ночью Маша спала неспокойно, и во сне ей грезился "тот господин", причем представлялся ей почему-то в виде не то сказочного богатыря, не то красавца королевича. Утром она была молчалива, задумчива, и взгляд ее мечтательно устремлялся в пространство.

С Ильей она говорила сухо.

VI

В то время как разыгрывались происшествия с Кисельниковым, Николай Андреевич Свияжский шел по одной из довольно глухих улиц Петербургской стороны. По бокам улицы тянулись заборы, изредка прерываемые маленькими домишками, окруженными палисадниками, или не огороженными, поросшими травой пустырями, на которых мирно паслись коровы. Несмотря на июльскую жару, уличная грязь не успела просохнуть, ноги тонули в ней. Здесь не было ничего, что напоминало бы, столицу, эта часть города была под стать любому из захолустнейших провинциальных городов.

Не желая вязнуть в грязи, молодой человек должен был идти медленно, выбирая места посуше. На его лице выражалось нетерпение, и он то и дело поглядывал в даль извилистой улицы.

Наконец из-за бесконечного забора обширного огорода вынырнул маленький, серый, одноэтажный дом с большими зелеными ставнями, полуприкрытый сильно разросшимися в палисаднике акацией и рябиной. К дому примыкал двор с накренившимися воротами и узкою, маленькою калиткою, жалобно заскрипевшею, когда Свияжский открыл ее, входя во двор, заваленный всяким хламом, начиная от груд битого кирпича и кончая кучами ржавого железа и ящиками с осколками стекол; было очевидно, что этот хлам намеренно собирался и каким-нибудь образом утилизировался.

Во двор выходило покосившееся крыльцо под деревянной некрашеной крышей, на которой там и сям проступал ярко-зеленый мох.

Юный офицер поднялся по скрипучим ступеням и вошел в темные сени. Когда он поднимался на крыльцо, в маленьком оконце мелькнуло красноватое мужское лицо, выразившее явное неудовольствие, когда взгляд заплывших глаз упал на Свияжского. Тем не менее через минуту в сенях послышался зычный голос обладателя этой физиономии, весело говоривший:

— А, ваше благородие, Николай Андреевич! Спасибо, что нас ее забываете. Очень рады, очень рады!

В доме жил и владел им купец Федор Антипович Вострухин, по занятию огородник, однако, кроме того, мастер на все руки, умевший, кажется, даже из сора извлекать рубли и алтыны. Вострухин поставлял для нужд армии капусту и всякие овощи. Отец Николая Андреевича, умевший добывать себе тепленькие места, был приемщиком этих поставок, и Федор Антипович не мог пожаловаться, чтобы старик придирался к нему: дело шло дружно, гладко, как по маслу. И хотя солдатикам доводилось зачастую хлебать щи из прогнившей капусты, а порой кое-кто из лиц, контролировавших поставки, называл цены на продукты чересчур высокими, им все сходило с рук: купец и его превосходительство были опытны и работали умело, стойко поддерживая друг друга, когда требовалось, в критические моменты.

Старый Свияжский, начавший свою карьеру гвардейским офицером, вскоре предпочел военной службе штатскую, пристроившись в "хлебном" ведомстве по снабжению войск всем необходимым; эту деятельность он считал очень выгодной. Постепенно Свияжский нахватал еще разных небездоходных местишек, но, когда капитал его округлился достаточно и бремя лет дало себя знать, он почувствовал утомление. Его заветным желанием было оставить часть своих дел сыну, чтобы и самому жить поспокойнее, да и доходов не упустить. Охотнее всего он готов был передать ему свои дела с Вострухиным, как наименее рискованные для начинающего.

Федор Антипович знал об этом намерении Андрея Григорьевича и при мысли о том, что оно осуществится, ощущал холод в сердце.

"Этот — не старик. Сладь-ка с ним! При нем, можно сказать, закрывай лавочку".

34

К его великому удовольствию, Николай Андреевич наотрез отказывался исполнить желание отца. Однако Вострухин окончательно не успокаивался.

"Не враг же он себе: поживет, поглядит, надоест сабелькой-то махать, ну и возьмется".

На этот случай он старался ухаживать за молодым Свияжским.

Николай Андреевич хорошо знал о проделках своего отца и Вострухина, не любил последнего и про себя называл не иначе как жуликом, но довольно часто приходил к нему: в покосившемся доме купца была приманка в лице дочери Вострухина, Дуни.

— Милости просим! Милости просим! Пожалуйте,— сказал с низким поклоном хозяин, пропуская гостя из сеней в комнату с некрашеным полом и почерневшим потолком, вся обстановка которой состояла из сосновых, чуть тронутых красной краской стульев и такого же стола. Ее украшали только иконы, занимавшие передний угол и блиставшие дорогими окладами.

Было неуютно, неприглядно. На столе, покрытом запятнанной скатертью, лежали куски хлеба, стояла тарелка с квашеной капустой, несколько деревянных ложек, глиняные чашки и кружки, высился жбан с квасом.

— Жена, принимай дорогого гостя! — крикнул Вострухин со сладчайшей улыбкой на жирном, потном, красном лице.

Хозяйка, маленькая, морщинистая женщина, забитая мужем, торопливо поднялась и, часто мигая подслеповатыми глазами, в которых навечно застыл страх, стала низко кланяться гостю, приговаривая:

— Мы так рады... Милости просим...

Кроме хозяйки, Манефы Ильинишны, в комнате сидели сын Вострухина Сергей и какой-то незнакомый Свияжскому старик, в долгополом темном кафтане, напоминавшем монашеский подрясник, сухой, с изможденным лицом, длинными, нерасчесанными, падавшими до плеч волосами с сильной проседью и жидкой козлиной бородкой.

Молодой Вострухин, сидевший у стола, подперев руками голову, при входе Николая Андреевича встал, молча поклонился и снова сел. Он был страшно худ, смотрел исподлобья угрюмым взглядом сильно запавших и лихорадочно блестевших глаз; было что-то жесткое и аскетическое в выражении его лица, казавшегося восковым.

Свияжский, зная, что Сергей ездил в Москву по каким-то отцовским делам, сказал:

— Вот не ожидал встретить вас! Давно ли вернулись?

— Сегодня,— коротко ответил Сергей, не повернув головы.

— Да, да,— подхватил его отец.— Порадовал сегодня: приехал и благочестивого странника Никандра привез с собой. Может, изволили слыхать? Садитесь, сделайте милость, пожалуйста. Вот стульчик поудобней. В добром ли здравии? В добром? Ну слава Богу, слава Богу. Как папенька, здоровеньки? Чем угостить позволите? Может, наливочки разрешите?

— Ой, нет!— запротестовал Николай Андреевич, присев к столу.— Только что ел и пил. Пошел прогуляться, да и надумал к вам заглянуть. Частенько я теперь к вам заглядываю,— добавил он со смущенной улыбкой.

— И хорошо, всегда вам рады. А мы вот кваском балуемся да душеполезительную беседу с отцом Никандром ведем. Много отец Никандр нам диковинного рассказали: и об афонских обителях, и о граде Иерусалиме. Да.

Вострухин замолчал, видимо подыскивая, что бы сказать.

Молодой офицер чувствовал, что своим присутствием стесняет всех, и от этого сознания сам стеснялся. Однако уходить по некоторым, ему лишь известным, причинам не хотел пока. Он силился найти тему для разговора, но беседа шла вяло и часто Прерывалась большими паузами, во время которых Федор Антипович барабанил пальцами по столу и, сделав задумчивое лицо, приговаривал:

— Н-да... Так-то.

— А пестра ныне вера стала, страсть пестра,— вдруг заговорил отец Никандр.— Взять хотя бы московские соборы. Благолепие, что говорить, а истинного благочестия нет. Служат скороговоркой, слова выкидывают. А неужели это можно? Истинная-то вера у немногих числом старцев хранится. Таятся они в смиренственном уединении, потому обмириться не хотят, и пестрота им претит. А взять хотя бы табакокурство,— продолжал он после короткого молчания, косясь в сторону Свияжского, от которого сильно попахивало табаком.— Ныне все курят! Либо нюхают. Попы и те стали табачищем заниматься. К иному подойти нельзя: за версту проклятой травой смердит. А разве это хорошо? В старые годы за табак носы резали...

Николай Андреевич слушал рассеянно. Ему становилось тоскливо.

"Где же Дуня? Неужели дома нет? Тогда чего и сидеть? — думал он и вдруг радостно встрепенулся: через открытое, выходящее в палисадник окно он увидел мелькнувшую среди зелени листвы темно-русую головку.— Вот где она!"

— Знаете, Федор Антипович, что-то душновато,— быстро встал он.— Я ведь вышел, чтобы воздухом подышать. Пойду-ка я, поброжу у вас по садику.

— Что же, пойдемте,— промолвил старший Вострухин, нехотя вставая.

— Нет,— быстро перебил его офицер.— Я пойду один. Вы беседуйте. Мне, право, будет крайне неприятно, если я оторву кого-нибудь от занимательной беседы. Зачем я буду вас стеснять? Мы так давно знакомы, что можно и отложить ненужные церемонии. По вашему садику приятно походить. Зелень, знаете, ну и вообще... А вы беседуйте... Я похожу, подышу воздухом...

Отец и сын Вострухины переглянулись. Восковое лицо Сергея словно потемнело.

— Как угодно,— хмуро проговорил Федор Антипович, стараясь не смотреть на сына.

Не исполнить желания Свияжского он не смел; о нем, как и о всех людях, он судил по себе: "После свинью подложит". Но в душе он злился, так как понимал причину внезапной прогулки Николая Андреевича. Не менее хорошо понимал он, почему юный гвардеец довольно-таки частенько стал заходить в его убогий домишко.

Свияжский торопливо вышел.

— Мать! Чего ты не позовешь Дуню? — с некоторым пренебрежением уронил Сергей, не отводя от отца своего тяжелого взгляда.

Отец вдруг вскипел:

— Молоды еще яйца кур учить! Не клич, Манефа! Знаем, что делаем.

— Больно, тятенька, вы в мир вдались. Этак и душеньку легко погубить. Все на денежки разменяли? — проговорил сын саркастически.

— Не тебе учить. А для тебя дубинка у меня еще цела,— раздраженно ответил Федор Антипович.

— Что же, побейте. Стерплю... Бог терпел и нам велел. А вам грешно.

Лицо старого Вострухина стало темнее тучи.

— Будет вам! Сегодня только что свиделись и уж...— начала было Манефа Ильинишна.

— Нишкни! — грозно прикрикнул на нее муж, а затем, видимо, желая свести разговор на иную тему, произнес: — Так как же это ты насчет московских соборов, отец Никандр?

37

— Соборы-то соборами,— медленно промолвил странник,— а только этот офицерик до добра не доведет. Табашник настоящий. А тебе надо бы опаску иметь.

— И ты туда же! — сердито воскликнул Вострухин-отец.— Тебе-то как будто и не пристало. Наживи добра с мое, тогда и учи.

— Мне добра не надо. Мне потребна кружка кваса или воды да кусок хлеба, только и всего.

— То-то, чай, в кубышке и припрятано. Знаем вас, смиренников.

— У меня ни синя пороху. По обету нищенствую,— обидчиво проговорил Никандр.

— Так, так. Небось, добровольных даяний не приемлешь? — с язвительной усмешкой заметил купец.

— Приемлю для Бога... Только для Бога,— смиренно потупясь, ответил странник.

— Все деньги Божьи, что говорить. В монастыри, чай, даяния-то, жертвуешь?

— Случается. На табачище да вино не извожу.

— Да что же, отчего этому не поверить? Вот тебе и благочестивая наша беседа: на табак, вино да деньги сошла...

— А все этот сбил, принесла нелегкая,— озлобленно проговорил Сергей.

— Так ты говоришь, что вера ноне пестра стала? — снова направил старший Вострухин беседу в надлежащее русло, и странник повел надлежащую речь.

Отдельного выхода из дому в палисадник не было, а потому Николаю Андреевичу пришлось идти вкруговую; проходя дворами к калитке садика, он различил в зелени кустарников стройную фигуру молодой девушки с несколько бледным, миловидным лицом, на котором застыло выражение напряженного ожидания. Девушка услышала его шаги и обернулась. Яркий румянец вспыхнул на щеках, и лицо будто осветила улыбка. Головка радостно закивала.

— Дунечка!.. Поджидала?..— тихо спросил Свияжский.

— Ты здесь? А я, глупая, и не знала! Давно? — спросила молодая девушка.

Они пошли по аллейке. Вид у Николая Андреевича был рассеянно-скучающий; Дуня, сорвав мимоходом ветку, нервно обмахивалась ею.

— Тише. Смотрят.

Так было, пока их могли видеть из окон. Но едва они повернули за угол, куда выходила глухая стена, произошла метаморфоза: протянулись руки, уста слились в страстном поцелуе. Молодые люди сели на старую скамью под тенью развесистой рябины, и защебетала, как птичка, девушка:

— Я тебя так ждала, так... измаялась. День за днем проходит, а тебя нет и нет. И молилась я, и плакала... Боже мой! Вот тоска-то была! Думала, забыл, разлюбил...

— Тебя разве могу разлюбить?

— Красавиц много, не мне чета,— сказала Дуня, и у нее ревниво дрогнула бровка.

— Ты для меня краше всех. Милая, милая! Я не шел, потому что нельзя часто. И то твой отец волком смотрит. Что за мука, Господи! Каждый раз надо укрываться, чтобы свидеться. На свободе побыть совсем нельзя. Сейчас, верно, тебя и позовут. Надо правду сказать, и несчастливые же мы с тобой, Дунечка. Теперь брат твой приехал, стало быть, еще хуже будет. Скверно, родная!

— Полно!.. Что думать? Мне вот, как погляжу на тебя, и на сердце радостно становится. А думы — ну их! Хорошо пока, а о будущем, что загадывать? Бог поможет.

Эти слова вливали в душу Свияжского бодрящее чувство.

— Будем так верить, голубка моя! — воскликнул он.

— А как же иначе?

Он оставил этот вопрос без ответа. А Дуня заговорила о том, как хорошо жить, когда любишь, как она счастлива, что любит и любима, что будущее далеко-далеко, а настоящее так пленительно, так хорошо...

Она говорила простым языком малообразованной девушки, но сердце подсказывало ей слова, и Николай Андреевич, любуясь блеском ее глаз, прислушиваясь к музыке ее слов, сам начинал верить, что будущее далеко-далеко, что не стоит о нем загадывать. Дуня казалась ему самой лучшей, самой прелестной женщиной на свете. И все вокруг было так чудно хорошо, и озаренные румянцем закатного солнца рябины нарочно далеко раскинули ветви, чтобы охранить, скрыть их, влюбленных, от вражьих глаз.

И вдруг разом пришлось упасть с неба на землю. По садику разнесся надтреснутый голос Манефы Ильинишны:

— Дунька! Иди домой!

Девушка быстро поднялась со скамьи.

— Зовут. Надо идти,— промолвила она тоскливо.

— Вот что, милая,— торопливо заговорил Свияжский.— Так нам нельзя больше видеться. Все следят твои: отец, мать, брат... Приходится перед ними ломаться... Это невыносимо. Устроимся иначе. После обеда твой отец спит, мать тоже? Да? Авось, и Сергей не помешает... Ты выходи в огород, к забору, что у пустыря. Я буду приезжать ровно в час дня. Никто знать не будет... Ладно?

— Чего лучше!

— Дунька!.. Дунька! — раздался снова крик матери.

— Иду! — отозвалась девушка.— Завтра, значит, у пустыря? — тихо спросила она Николая Андреевича.— Прощай, родимый! До завтра!

Молодые люди обнялись.

— Ду-у-унька! — снова раздалось восклицание.

— Да иду я, маменька! — И, приняв невозмутимый вид, девушка медленно пошла по дорожке, обменявшись со Свияжским долгим прощальным взглядом.

Молодой офицер побродил некоторое время по палисаднику, потом прошел в дом. Сергей взглянул на него пытливо. Николай Андреевич выдержал его взгляд и, сев на стул, стал слушать монотонное повествование отца Никандра.

Вызов дочери из сада был сделан Манефой Ильинишной вследствие нашептываний сына. Она знала, что поступила против воли мужа, и ждала от него сильного нагоняя; поэтому ее лицо сделалось еще более постным, и странника старалась она слушать с усиленнейшим вниманием.

Старик Вострухин в душе был доволен, что жена позвала дочь с прогулки, но для поддержания престижа своей власти все же собирался сделать супружнице головомойку.

Дуня сидела за каким-то вязанием и, похоже, усердно слушала рассказ благочестивого Никандра. На юного офицера она старалась не глядеть. Свияжскому наскучило бесцельно сидеть у Вострухина; он встал и начал прощаться. Само собой, что Федор Антипович удерживал его на всякие лады. Однако Николай Андреевич остался непреклонен.

"Что будет дальше?" — несколько минут спустя думал он, пробираясь среди луж и грязи улицы.

Не было бодрящего присутствия любимой девушки, и рассудок беспощадно работал. На брак с Дуней Андрей Григорьевич ни за что не согласится: породниться с мужиком!.. Да его превосходительство лучше дал бы перепилить себя пополам, чем решиться на это. Подозревал Николай Андреевич, что и со стороны Вострухина особенного расположения к этому союзу не последовало бы: само собой, он прочил дочку за своего брата купца, а барин, да еще офицер, был в его глазах особым существом довольно-таки презренной породы. Любовь к Дуне созревала в сердце молодого гвардейца медленно, но неудержимо, и в конце концов захватила девушку своим пожаром. Это было нечто роковое. Пока они были своеобразно счастливы, а дальше, дальше, как себя ни убеждал Свияжский, он ничего не предвидел, кроме горя.

По уходе гостя Вострухин-отец тотчас же напустился на жену:

— Разве я велел тебе звать ее? Или уж я сам своих дел не знаю? Или я в самом деле — не хозяин? Ребра-то, видно, твои давно не считаны?..

— Сереженька вот сказал...— начала было жена.

— А он тебе — указ? — прервал ее муж.— До Сережки я тоже доберусь ужо. А тебе,— внезапно обратился он к дочери,— таков мой сказ: если этот офицеришко когда-либо приедет сюда, да ты пойдешь с ним в сад или как ни на есть станешь с ним шушукаться да разводить тары-бары, то нагайка, которой я кобылу хлещу, по твоей спине погуляет. Так и знай. Разве он тебе пара? Знаем мы этих ветрогонов! Смотри у меня: чуть что — доберусь, тогда не пеняй.

— Простите, тятенька, никогда больше при нем в сад не пойду, от маменьки шагу не сделаю, чтобы вы не серчали,— с чрезвычайным спокойствием ответила Дуня.

На лице Сергея выразилось недоумение: по-видимому, хладнокровие сестры удивило его.

VII

Подвиг спасения утопавших Александром Васильевичем, быть может, мало выдался бы из числа заурядных, какие чуть не ежедневно случались в приневской столице, если бы не произошел на глазах императрицы и совершивший его не был замечен ею. Всякие вести разносятся в придворных кругах с быстротой молнии; к вечеру того же дня уже все знали о происшедшем, и имя осчастливленного милостивой беседой с государыней Кисельникова было у всех на устах.

Не замедлил узнать об этом и Андрей Григорьевич Свияжский. Когда ему передавали случившийся факт, он глубокомысленно хмыкнул, и на лице его появилось озабоченное выражение. Дня через два он сказал сыну:

— Гм... Ты, Николай, кажется, пристроил куда-то этого, как бишь? Ки... Кисельникова?

— Да. Он живет у Лавишева.

41

— Ты бы, знаешь, привез его к нам на дачу. Молодой человек, одинокий... Надо о нем позаботиться, поддержать. Вообще, так сказать, помочь.

"Вон оно куда поехало! Что значит разговор-то с государыней!" — подумал не без иронии Николай и ответил:

— Хорошо. Я его уговорю. А вы, батюшка, разве им очень интересуетесь?

— Ну, "очень интересуюсь" — сильно сказано. Что же мне в нем интересного? Но у меня доброе сердце, просто хочется помочь сыну моего старинного друга и однокашника.

Николай Андреевич уговорил, хотя и не без труда, юного провинциала поехать к Свияжским.

Андрей Григорьевич встретил Кисельникова очень радушно, был чрезвычайно мил, любезен, шутил, вспоминал годы, проведенные в шляхетском корпусе с его отцом, и детские проказы, одним словом, показал себя душой-человеком.

Кисельников не верил ни своим глазам, ни ушам. Он еще не познал на опыте, что успех значит все в свете, и наоборот, неудачник оказывается уже тем виноватым, что ему не повезло.

Посетив раз Свияжских, Александр Васильевич побывал и второй, и третий, постепенно освоился с тамошним обиходом и мало-помалу сделался у них почти своим человеком. Он приглядывался, вдумывался и пришел к заключению, что было что-то натянутое, неестественное в отношениях между собой членов этой семьи.

Верховодила в ней, несомненно, вторая жена Свияжского. Надежда Кирилловна была женщиной лет тридцати пяти. Высокая, стройная, с живым взглядом черных глаз, она могла называться красавицей. Было что-то жесткое в чертах ее лица, напоминавшего лицо римских матрон: изящный, но резко очерченный подбородок свидетельствовал о твердой воле, тонкие, подвижные ноздри выдавали страстную натуру. Быть может, физиономист сказал бы про нее, что эту женщину опасно иметь врагом, что она едва ли станет разбирать средства, когда захочет достигнуть цели, к которой пойдет неуклонно и неустанно, либо достигнув ее, либо погибнув, но не отступив. Когда она в минуты раздражения сдвигала тонкие, бархатные, темные брови и в ее глазах загорался огонек, ее лицо становилось грозным, почти страшным.

Ольга Андреевна, падчерица Натальи Кирилловны, представляла полную противоположность ей. Это было нежное, эфирное существо. Детскою чистотою веяло от несколько мечтательно-грустного взгляда ее васильковых глаз.

Вся ее небольшая, стройная фигура казалась хрупкой, не от мира сего, с прелестного личика, обрамленного волною золотистых волос, можно было рисовать ангела. Но около губ иногда чуть намечались две складочки, говорившие, что Ольге не чуждо упорство, когда оно потребуется.

Из числа многочисленных посетителей Свияжских выдавались двое, считавшиеся почти своими людьми у них: это был князь Семен Семенович Дудышкин, поручик конного полка, и капитан одного из армейских полков петербургского гарнизона, Евгений Дмитриевич Назарьев.

Князя Дудышкина, при всей своей незлобивости, Киселышков терпеть не мог. Князь был широкоплечим малым с веснушчатым лицом, которое он, чтобы скрыть этот недостаток, довольно густо белил и румянил. Мундир сидел на нем безукоризненно, на толстых, чувственных губах всегда играла улыбка. В его манерах чувствовалась вкрадчивость, смех звучал деланно, темные глаза смотрели и холодно, и лукаво. У этого человека могли возникнуть пылкие страсти, но едва ли его душа была доступна высоким чувствам. Опытный человек при внимательном взгляде открыл бы в нем актера, постоянно, но не всегда тонко, играющего раз навсегда заученную роль.

Кисельникова раздражало самодовольство князя, влюбленность в себя, его деланность и высокомерно-покровительственный тон, которым Семен Семенович говорил с ним. Насмешливые взгляды, а порою и намеки Дудышкина раздражали молодого провинциала, и часто грубый ответ готов был сорваться с языка юноши, но он сдерживал себя из уважения к дому, где происходили его встречи с князем. В глубине души он презирал Дудышкина, так как слышал, что тот кутила, развратник, содержащий целый гарем из своих крепостных красавиц, плохой товарищ и человек, умеющий строить свое благополучие чужими трудами да связями с лицами власть имущими.

Не нравилось молодому провинциалу также и то, что Дудышкин фамильярно обходился с Ольгой Андреевной; казалось, что он словно имеет права делать это.

Как-то уходя от Свияжских, Александр Васильевич спросил подававшего ему плащ лакея:

— Что, князь Дудышкин, кажется, часто здесь бывает?

— Да, как же. Они ведь на линии жениха,— ответил лакей и почему-то вздохнул.

"Бедная!" — подумал Кисельников про Ольгу, и не то змейка ревности, не то чувство обиды за нее шевельнулось в нем. Между молодым "дикарьком" и светской девушкой, в качестве фрейлины императрицы знакомой со всей роскошью двора, установились странные отношения. Они очень быстро сдружились. Квсельников смотрел на молодую Свияжскую как на сестру, поверял ей некоторые свои заботы, огорчения и радости, а она относилась к нему как к младшему брату, потому что в смысле житейской опытности и знания людей и света куда превосходила юного провинциала. Иногда, когда у Ольги было слишком тяжело на душе, она слегка откровенничала с Александром Васильевичем, быть может, инстинктивно угадывая в нем друга, на которого могла положиться, человека хотя и неопытного, юного, но с сильной волей и твердым духом.

Как-то однажды, по уходе князя Дудышкина, у нее вырвалось восклицание:

— Вот противный человек!

Кисельников просиял.

— Противный? — заметил он простодушно.— А ведь говорят, что он — ваш жених.

Ольга Андреевна вспыхнула, и ее глаза блеснули.

— Он — мой жених?! Да я лучше умру, чем выйду за него замуж.

— Верно! Так, так! — проговорил с чрезвычайно довольным видом Александр Васильевич.

Если бы его спросили, почему он так доволен, юноша, вероятно, сам не мог бы ясно определить. Он вовсе не был влюблен в Ольгу Андреевну, хотя иногда, в мечтах, ее прелестный профиль и заслонял миловидное личико соседки Полиньки, оставленной за несколько тысяч верст от северной столицы; Кисельникова просто радовало, что "этот ангельчик" не достанется "тому черту". Отчасти сюда примешивалось и злорадство по отношению к Дудышкину. Князь по своим связям и, быть может, более кажущемуся, чем настоящему, богатству должен был считаться хорошей партией, однако тут ему предстояло остаться с носом.

Кроме Ольги Андреевны и, конечно, Николая Андреевича, был еще один человек, с которым Кисельников сошелся если не дружески, то очень по-приятельски. Это был второй из завсегдатаев Свияжских, армейский капитан Евгений Дмитриевич Назарьев.

Капитану было лет тридцать с небольшим. Он был хорошо сложен, худощав и коренаст. Черты лица он имел не совсем правильные; было что-то жгучее, завлекательное в матово-прозрачном цвете его кожи; когда он улыбался, сверкая белыми, как слоновая кость, зубами, то становился обворожительным, тем более что глаза — темные, большие и глубокие — сохраняли задумчивое, почти печальное выражение.

Есть люди, на которых словно самой природой наложена печать обреченности на горе и страдания. У них уже в детстве сквозит что-то скорбное во взгляде, какая-то странная печаль, даже в минуты беззаботного оживления. К числу таких людей можно было отнести и Назарьева.

Однако это не значит, что он ходил вечно хмурым, меланхоличным. Напротив, в обществе он умел держать себя непринужденно, мог быть весел, шутил, смеялся, но роковая печать несчастья не оставляла его даже в моменты самого кипучего веселья. Она сказывалась в звуках его странного смеха, как будто насильственного, в трепетных, робких искорках, зажигавшихся в его умных глазах. Едва ли он сам знал о персте судьбы, которым был отмечен; он считал себя обыкновеннейшим смертным. Зато другие инстинктивно чувствовали в нем далеко не заурядного человека.

Этими "другими" были преимущественно женщины. Армейский офицер, сын захудалого помещика, обладавшего всего десятком душ крестьян, маленький ростом и хотя приятный лицом, но вовсе не выдающийся красавец, Назарьев был кумиром женщин. Они летели к нему, как мотыльки на огонь, и очень многие из них обжигали себе крылышки!

По отношению к ним Назарьев был отчасти жесток. Он поддавался временной страсти, потом остывал и без сожаления не только расставался, но просто отталкивал надоевшую ему любовницу. Ни мольбы, ни слезы жертвы его то ли темперамента, то ли загадочной наружности не помогали. И много проклятий среди мучительных рыданий обрушивалось на голову Назарьева. Однако они мало смущали его.

Но... конь на четырех ногах, а и тот спотыкается. Довелось споткнуться и Евгению Дмитриевичу. Общий кумир, для которого победы над женскими сердцами не составляли труда, он сам безумно влюбился.

Это было могучее чувство, всецело захватившее Назарьева. Он, испытывавший ранее только мимолетные вспышки пародии на привязанность, не узнавал себя, изумлялся и положительно терял голову.

Видно, у него на роду было написано иметь успех в любовных делах: Назарьев вскоре убедился, что девушка, которую он полюбил, платит ему взаимностью. Он был на седьмом небе от счастья, но рассудок обдавал холодом его душу. Ничего подобного его прежним любовным интригам здесь не могло быть; Назарьева коробило при мысли создать из своей глубокой привязанности, скованной, так сказать, из лучших движений сердца, мимолетную связь, маленький эпизод холостяцкой жизни; даже мысль об этом была бы оскорблением для той, которая полюбила его и которую он боготворил. Он понимал и страстно желал этого, однако результатом в данном случае могло быть только единение на всю жизнь — брак. А подобный брак казался маловероятным, поскольку общественное положение любимой девушки и Назарьева было слишком различно.

Для пояснения достаточно сказать, что предметом любви бедного армейского капитана была дочь богача, его превосходительства действительного статского советника и многих российских орденов кавалера Андрея Григорьевича Свияжского.

Ольга Андреевна не могла отдать себе отчет, почему она полюбила Назарьева. Бывая при дворе, она частенько знакомилась с красавцами, слава о которых гремела по всей Европе или наиболее блестящим королевским и императорским дворам, но оставалась равнодушной к их красоте. И вдруг скромный армейский офицер, не видный по фигуре и далеко не красавец лицом, завладел ее сердцем безвозвратно, беспредельно. Ольге нравились задумчивый взгляд Назарьева, его речи, полные задушевной тоски и непохожие на светскую болтовню изящных щеголей, его оригинальность, так сказать, выделяемость и несходство с окружающими. Он заинтересовал молодую Свияжскую, а потом нахлынуло какое-то пламя, захватившее ее. И когда в знойный майский день Назарьев, сидя с Ольгой в тени полураспустившейся яблони, вдруг взял ее руку и зашептал о своей любви, она не сделала негодующего лица, не убежала от него; она только дрогнула всем телом, понурила прелестную головку, и на его вопрос, заданный дрожащим, умоляющим шепотом: "А вы... Я вам не противен?.. Может быть, вы... когда-нибудь полюбите... меня?", побледнев, положила ему руки на плечи и ответила твердо, глядя прямо в его глаза: "Я вас люблю". Прозвучавший поцелуй был началом новой жизни для влюбленных.

Конечно, Александр Васильевич не мог проникнуть в тщательно скрываемую от постороннего глаза тайну Назарьева и Ольги Андреевны; не подметил он также и искрометных взглядов, которые иногда кидала на Евгения Дмитриевича молодая супруга старого Свияжского, и как по временам чуть-чуть хмурились ее темные бровки и недобрая морщинка прорезала лоб. Это бывало в особенности тогда, когда Надежда Кирилловна заставала падчерицу и капитана оживленно беседующими.

Не заботясь ни о каких тайнах, Кисельников часто и долго беседовал с Назарьевым, так как капитан, во-первых, умел всегда завести разговор далеко не пустой, а во-вторых, никогда не отказывал юноше в дельном совете. А эти советы опытного военного служаки являлись для Александра Васильевича настоятельной необходимостью, потому что в его судьбе произошла радикальная перемена.

VIII

У графа Григория Григорьевича Орлова был приемный день. В большом зале, отведенном для лиц, имеющих необходимость видеть бывшего шталмейстера конной артиллерии, а ныне влиятельнейшего человека в империи, брата фаворита императрицы Екатерины, сидели или нервно прохаживались военные и гражданские сановники, то и дело посматривая на тяжелую резную дверь графского кабинета. Она довольно часто приотворялась, выпуская поговорившего; из-за нее выглядывала голова адъютанта в пудреном парике с крупными буклями, и он произносил только одно слово: "Пожалуйте!". Вслед за этим кто-нибудь из ожидавших быстро поднимался, одергивал форменный кафтан и, провожаемый взглядами остающихся ждать очереди, тихо проскальзывал в дверь, тотчас же захлопывавшуюся за ним.

Большинство волновалось, так как предстояла серьезная беседа, но выражения робости не было на физиономиях: все знали, что граф добр и если откажет, не найдя просьбы подлежащей исполнению, то, во всяком случае, не оскорбит и не обидит. Может быть, он ответит напрямик и грубовато, но скрасит свой отказ добродушной улыбкой или кинутым вскользь дружеским замечанием.

В числе ожидавших находился и Андрей Григорьевич Свияжский, имевший надобность повидаться с Орловым по каким-то своим комиссариатским делам. Он был во всех регалиях и имел торжественный вид. Графа он знал давно, еще в то время, когда Григорий Григорьевич был простым артиллерийским офицером, славившимся своею силою, отвагою, мальчишескими проказами, красотою и кутежами. Братья Орловы бывали у Свияжского в доме, и сам он запросто был принимаем у них как старый знакомый, но все же, когда старику приходилось с Григорием Орловым говорить о делах, он чувствовал какую-то жуть от упорного, открытого взгляда красивых глаз графа, и потому деловые визиты к графу были для Свияжского очень тягостны.

Сегодняшний же визит усугублялся тем обстоятельством, что, помимо доклада, Андрей Григорьевич намеревался обратиться к Орлову с просьбой.

Дело в том, что он решил принять участие и помочь Александру Васильевичу, пока имя елизаветградского провинциала еще не поросло травою забвения и было на многих устах. Хлопотать теперь было, по мнению опытного в житейских комбинациях старика, и удобнее, и полезнее для него самого, для Свияжского: он знал, что присоединить свою личность к более или менее замеченному человеку бывает часто небезвыгодно.

Разговаривая с каким-то вельможей, сверкавшим орденскими звездами, но ожидавшим с кротостью агнца очереди войти в заветный кабинет, Свияжский, черед которого наступил, ожидал нетерпеливо и беспокойно легкого шума отворяемой двери.

Послышался слабый скрип петель. Стуча каблуками, громыхая палашом, вышел и удалился, не глядя ни на кого, какой-то кавалерийский полковник, взволнованный, красный как из бани, но улыбающийся. Затем раздалось долгожданное: "Пожалуйте!". Свияжский встрепенулся и, прервав на полуслове беседу со звездоносцем, быстро семеня ножками и приняв сладосто-почтительный вид, прошел на аудиенцию первого из вельмож российских.

Широкоплечий, краснощекий красавец, не вставая с глубокого, покойного кресла, приветливо кивая, протянул ему красивую, но огромнейшую длань, способную, казалось, одним ударом уложить быка.

— Садись, Андрей Григорьевич,— мягким баритоном проговорил Орлов, указывая на ближайший стул.— Рад повидаться с тобой. Верно, доклад притащил? Ох, уж эти мне доклады! — Орлов поморщился и потер шею.

— Докладик небольшой на сей раз, ваше сиятельство,— сладко заговорил старик, пустив во все лицо лучезарнейшую улыбку.— Очень даже небольшой. В один момент! — И он, осторожно присев на стул, быстро и сжато изложил содержание доклада.

Григорий Григорьевич слушал рассеянно. Когда Свияжский замолчал, он, пристально глядя в глаза старого дельца, отрывисто спросил:

— Поди, половина здесь вранья?

Андрей Григорьевич беспокойно зашевелился.

— Как можно, ваше сиятельство! Вранью разве тут место? — забормотал он скороговоркой.— Разве посмеем?

— Ну ладно! Давай, подпишу.— И, сильно налегая своей могучей рукой на мягкое и притуплённое гусиное перо, Орлов, брызгая чернилами, жирно вывел: "Гр. Орлов". Потом, присыпав песком, уложил бумаги в синюю папку и проговорил, откладывая их в сторону: — Завтра дам на подпись императрице. Заело поистине меня ваше многобумажье! — добавил он со вздохом.

Прием, в сущности, был кончен, Андрею Григорьевичу оставалось только откланяться и уйти. Но он медлил сделать это и маялся на стуле, пытливо посматривая на графа.

Орлов заметил.

— Андрей Григорьевич! Что-то у тебя есть еще сказать мне? — проговорил он.

— Да! Ежели бы минуточку вашего драгоценного времени. Прибыл в Санкт-Петербург сын елизаветградского помещика Александр Васильевич Кисельников. Может быть, ваше сиятельство изволили слышать?

— Кисельников? Кисельников? Из Елизаветграда. Постой! Да ведь об одном Кисельникове велела мне напомнить государыня. Он из реки кого-то спас.

— Это он самый и есть.

— Знакомый он тебе?

— Отец его — мой однокашник, а отчасти и родственник... Правда, дальний очень, но все же...

Теперь Свияжский не затруднялся признать свое родство с Кисельниковым.

— О чем же ты просишь за него?

— Записан он унтером в армию, а желательно было бы определить его в гвардию. Так вот, если бы ваше сиятельство...

— Хорошо,— быстро перебил его Орлов,— устроим. В гвардии такие пареньки нужны. Я скажу государыне. Он у тебя молодец, Андрей Григорьевич.

Старик просиял; теперь он был очень доволен, что решился походатайствовать за Кисельникова.

Свое ходатайство он предпринял по собственной

инициативе. Он был очень осторожен в житейских делах; однажды, решив в уме, что парень может, пожалуй, и пригодиться при случае, он захотел посодействовать юноше выбраться на дорогу и таким образом сделать его обязанным ему, Андрею Григорьевичу, своею карьерой.

Встретившись с Кисельниковым после беседы с графом Григорием Григорьевичем, Свияжский добродушно похлопал его по плечу и, хитро подмигивая, сказал:

— Дело твое, деточка, на мази! Старик Андрюшка похлопотал.

Александр Васильевич, который уже оставил всякую мысль о службе в гвардии и все еще находился ни при чем, удивленно взглянул на него и спросил:

— Какое дело, Андрей Григорьевич?

— А уж такое! Пока молчок. Скоро получишь хорошую бумажонку... Выйдешь в люди, смотри, нас, старых, не забудь...

"Бумажонку" Кисельников действительно вскоре получил: она гласила, что "буде он желает поступить сержантом в лейб-гвардии Семеновский полк, с выслугой двух недель за рядового, то ему надлежит без замедления явиться к командиру оного полка".

Через несколько дней Александр Васильевич уже надел форму, через две недели получил сержантские галуны — это состоялось в конце августа,— а спустя полтора месяца за усердие к службе был произведен в первый офицерский чин. Он был решительно на виду у начальства, и старый Свияжский с довольным лицом потирал руки; он убедился, что не прогадал, хлопоча за мнимого родственника.

Повествуя об этом, мы несколько опережаем события, свидетелем которых пришлось быть Кисельникову, а потом и стать их участником. Эти события были не только трагичными, но они разрушили благополучие многих и ожидаемую стариком Свияжским блестящую карьеру Александра Васильевича обратили в пустой звук.

В следующих главах будут последовательно изложены печальные факты, повлекшие крушение многочисленных надежд. Пока заметим, что главным лицом, виновным во всем происшедшем, не пожалевшим ни себя, ни других ради своей страсти и жажды мщения, была женщина. Ее звали Надежда Кирилловна Свияжская.

IX

Из знавших Александра Васильевича больше всех была обрадована и даже восхищена, увидев его в военном, да притом гвардейском мундире, Марья Маркиановна Прохорова.

Дело в том, что Кисельников довольно часто бывал в этой простой, скромной и трудолюбивой семье.

Знакомство началось с того, что на другой день после замеченного императрицей подвига молодого провинциала к нему явились сам мастер, его расплывчатая супружница, Анна Ермиловна, и Машенька; сопровождал их и Илья, впрочем, все время словно старавшийся стушеваться. Старик Прохоров, униженно кланяясь, благодарил их милость Кисельникова за спасение дочери и, смущенно ломая шапку, просил "не обессудить и пожаловать к ним, к Прохоровым, на обед".

Анна Ермиловна всхлипывала и бросалась целовать руки Кисельникова. Маша стояла как в оцепенении, и не могла отвести взор от Александра Васильевича. Илья наблюдал за хозяйской дочерью и ее родителями и в душе негодовал: ему казалось, что старики Прохоровы уж чересчур лебезят, а Маша слишком ест глазами молодого барина. В сердце Ильи начинало зарождаться враждебное чувство по отношению к Александру Васильевичу.

Кисельников был смущен слишком горячими изъявлениями благодарности со стороны Прохоровых; чтобы как-нибудь избавиться от неловкого положения и не обидеть стариков, он согласился прийти к ним на обед. Мастер с женою были и обрадованы, и польщены. Почтенные супруги были не лишены некоторой доли тщеславия, поэтому вскоре после возвращения Анны Ермиловны домой уже чуть не весь квартал знал, что сегодня у Прохоровых обедает важный гость: барин, который их Машу спас из воды, "барин настоящий, столбовой дворянин, помещик, говорят, богатейший".

Обед удался на славу. Кушанья были простые и тяжелые, но русского человека тяжестью яств не испугаешь, и Александр Васильевич ел их с большим удовольствием, чем вычурные разносолы во вкусе Лавишева.

Понравились ему и хозяева; он видел в них простых, немножко первобытных, но честных, цельных людей, не исковерканных дурно понятой иноземной культурой. Машей он просто залюбовался.

"Экая милочка!" — не раз мелькало в его голове.

Зато далеко не благоприятное впечатление произвел на него Илья Сидоров, Жгут. В этом сильно был виноват сам искусный прохоровский подмастерье; всегда веселый, он в день первого посещения семьи позументщика Кисельниковым сидел молчаливый и угрюмый, как приговоренный к смерти.

После этого обеда Александр Васильевич, как-то случайно очутившись на Васильевском острове, завернул к Прохоровым, а потом стал заходить к ним довольно часто. Он был сыном своего времени (в его глазах Прохоровы были мужиками, людьми подлого, то есть низкого происхождения) и себя, как дворянина, считал стоящим неизмеримо выше их; бывая у них, он только снисходил, делал им честь. И все же, несмотря на такой взгляд, впитанный с молоком матери, Кисельников посещал лачужку позументного мастера; это бывало в те дни, когда он уставал от искусственной, неестественно напряженной светской жизни, когда ему надоедало скрывать под любезной улыбкой клокотавшую желчь, когда хотелось освободиться от стеснительных уз, побыть самим собой.

Придя к Прохоровым, Александр Васильевич прежде всего скидывал пудреный парик, потом располагался в свободной позе на каком-нибудь убогом стуле, обменивался шуточками со стариком, острившим иногда грубовато, но едко, с чисто народным юмором; брал балалайку и, бренча, быть может, не совсем ладно струнами, не то пел, не то мурлыкал какую-нибудь нехитрую песенку, посматривая на Машу и любуясь ее прелестным, несколько задумчивым личиком и блеском глаз, смотревших на него пристально, но робко, словно виновато. Впрочем, он ничего особенного не примечал в этом взгляде.

Зато Илья Жгут подмечал многое, и это было для него источником немалых страданий. Он видел, что Маша круто переменилась в обхождении с ним и вообще. От него не укрылось, что лицо девушки становилось сияющим всякий раз, когда появлялся в доме Кисельников, и что после каждого такого посещения все более усиливались ее холодность и резкость по отношению к нему, к Илье.

Парня мучила ревность, и однажды он, не выдержав, сказал не без ядовитости:

— Что-то больно вы, Марья Маркиановна, засматриваетесь на этого молодого барина!

Девушка вспыхнула.

— А вам что? — резко спросила она.

— Да мне что? Мне ничего. А только нехорошо. Он —

барин, вам неровня. Посмеется он над вами, только и всего. От бар нашему брату, простому человеку, добра не видать.

— Будто? — задорно кинула Маша.— А ведь лежать бы нам теперь на дне речном, если бы не этот барин. Небось вы бы спасли?

— Старался,— обидчиво ответил Илья.— А все же из-за этого глаза пялить на него не пристало, хоть и спас он.

— Не на вас ли глядеть? — промолвила Маша, презрительно дернув плечиком.

— Прежде глядели.

— Прежде! Мало ли что было прежде! Глупа я тогда была, Илья Сидорович. А теперь... Теперь лучше этого барина никого нет, да и не будет. И вы о нем со мной разговоров пустых не ведите, а лучше с тятенькой работайте. Ежели же что, так я и маменьке пожалуюсь! — И она отошла от Ильи, пылающая, готовая расплакаться.

Он проводил ее страдальческим взглядом; подбородок его задрожал от волнения.

Маша сама замечала, что с ней происходит перемена. Ей как-то все словно опостылело, все стало тусклым. Впервые обстановка ее жизни предстала перед нею в неприглядной наготе, и впервые же она почувствовала, что как будто рождена не для этой серенькой жизни; она внимательно присмотрелась к себе в зеркале, и у нее мелькнула тщеславная мысль: "А ведь какая я красивая!"

Илья с его шутками и прибаутками, давно надоевшими, стал ей казаться неинтересным, грубым, тем более что рядом с ним поднялся образ иного человека, блестящий, сияющий, явившийся из другого, неведомого и таинственного для нее мира.

Александр Васильевич, манеры и разговор которого заставляли желать много лучшего в глазах людей, испытанных в светских тонкостях, для Маши являлся идеалом совершенства. Он и говорил, и улыбался, и шутил, и держался вообще вовсе не так, как привыкла она видеть у окружающих. При этом он был красив, смел, и он жизнь ее спас.

Маша вознесла Кисельникова на некий превыше всего и всех стоящий пьедестал, идеализировала, быть может, далеко неосновательно красивого молодого барина, готова была молиться на него. Но вместе с тем у нее иногда мелькала честолюбивая и пылкая мечта:

"Да ведь и я же не дурнушка. Говорят, пригожа очень. Быть может, он..."

И эта мысль заставляла замирать ее сердце.

А Кисельников ничего не замечал, оставался ровным, спокойным. Даже и тогда, когда он впервые явился к Прохоровым в военном гвардейском кафтане, и Маша, окинув его восхищенным взглядом, воскликнула: "Ах, барин! Да что же вы за красавец!" — он только с некоторым удивлением посмотрел на нее, изумляясь не ее восклицанию, а тому, что его назвали красавцем.

Серая жизнь Прохоровых текла обычным ходом с ее мелочными заботами, мелкими неприятностями, огорчениями, подчас нуждой, а изредка скромными удовольствиями.

Анна Ермиловна подумывала о женихе для Маши, Маркиан Прохорович вздыхал при мысли, что скоро надобно платить оброк, который был припасен у него еще далеко не в полной сумме; Илья худел и угрюмился, Машенька ходила то восторженная, то задумчивая.

Неизвестно, как бы закончилась мелкая жизнь этих мелких людей, если бы над ними не разразилась гроза, странным образом связавшая судьбу семьи позументного мастера с судьбой семейства его превосходительства Андрея Григорьевича Свияжского.

X

Был вначале восьмой час утра, а у ограды царскосельского дворца и за нею, на широком, усыпанном песком плацу, уже царило большое оживление. Экипажи всяких фасонов то и дело подъезжали и, смотря по рангу сидевшего в них, либо останавливались у решетки, либо въезжали в ворота, по сторонам которых красовались неподвижные, как статуи, двое рослых гвардейцев. Внутри дворца, в приемной комнате, толпились особы разных чинов, ожидая выхода императрицы или зова предстать перед ее пресветлые очи.

Утро было ясное, и солнечные лучи целым потоком вливались в большие окна, сияя на золотом или серебряном шитье мундиров, искрясь на бриллиантах, усыпавших орденские звезды и одежду вельмож.

Дверь широко распахнулась, и вошел граф Григорий Григорьевич Орлов. Его красивое лицо на этот раз было озабочено. Не глядя ни на кого из почтительно расступавшихся перед ним сановников, он направился прямо к пожилому мужчине, непринужденно сидевшему в кресле и небрежно перелистывавшему рукопись доклада. При приближении Орлова этот мужчина сложил бумаги и встал, но без торопливости, с видом человека, знающего себе цену. Выражение его лица было равнодушно-спокойное, никто не мог бы прочесть на этой физиономии, какие чувства обуревали ее обладателя; взгляд умных глаз был быстр и проницателен. Это был граф Никита Панин, один из весьма приближенных к государыне сановников, не только ведавший внешней политикой России, но имевший большое влияние на ход внутреннего управления, а кроме того на воспитание наследника престола, великого князя Павла Петровича.

— Никита Иванович! Пойдем, голубчик, к государыне,— сказал Григорий Григорьевич, протягивая руку Панину.

— Я и то собрался к нашей матушке с докладцем...

Орлов нетерпеливо дернул плечами.

— Доклад не уйдет,— промолвил он и добавил тихо, чтобы окружающие не слышали: — А что, и в иностранной коллегии имеется довольно вестей об этом самозванстве?

На мгновение в глазах Панина блеснула досада.

"Ему уже ведомо! Экие языки!" — с неудовольствием подумал он, но тотчас же, как опытный дипломат и царедворец, принял невозмутимый вид и ответил спокойным шепотом:

— Есть, как же. Я и иду сообщить о сем.

— Все негодяй не унимается. Пора унять молодца. Надо на этом настоять у императрицы. Думается, что лучше всего бы послать надежного человека... Князя Долгорукого хотя бы, а? Пойдем к государыне.

Орлов и без возражений последовавший за ним Панин проследовали во внутренние покои, не заботясь о том, чтобы государыне доложили об их приходе.

Императрица Екатерина Алексеевна вставала всегда очень рано; порядок ее дня был строго рассчитан, и она следовала ему неуклонно.

"Я встаю всегда в шесть часов,— говорит императрица в письмах к Жоффрэн.— Читаю и пишу одна до восьми; потом приходят ко мне с докладами, и это продолжается до одиннадцати часов и долее, после чего я одеваюсь. По воскресеньям и праздникам я хожу к обедне, а в другие дни выхожу в приемную комнату, где обыкновенно дожидается меня целая толпа людей; поговорив с ними полчаса или три четверти, сажусь за стол..."

После обеда государыня беседовала с кем-либо, работала, читала; так проходило время до половины шестого; затем императрица уезжала в театр или садилась играть в карты; день заканчивался ужином. В одиннадцать часов государыня удалялась в опочивальню.

Императрица в утреннем туалете сидела за небольшим столом, заваленным деловыми бумагами, книгами и брошюрами. Она только что отпустила кого-то из раззолоченных докладчиков и пробегала бумаги, решение которых не терпело отлагательства. Розовый свет ясного утра падал на ее свежее, прекрасное лицо с едва заметными морщинками около губ и задумчивой складкой над переносьем.

Небрежным и вместе изящным движением руки откинув листок, Екатерина Алексеевна нетерпеливо оглянулась. Она ждала появления нового докладчика, но никто не шел, а времени, предназначенного для приемов, оставалось все меньше.

Но вскоре в зале, отделявшем комнату государыни от приемной, послышались шаги. Дверь бесшумно распахнулась. Увидев в дверях гигантскую фигуру графа Орлова, императрица, ласково кивнув, промолвила: "А, Григорий! Неужели тоже с делами?", но, разглядев за спиной графа фигуру Панина, стала серьезной. Она знала, что Панин и Григорий Григорьевич далеко не были друзьями, и приход их обоих вместе должен быть вызван важным обстоятельством.

— Ба! И Никита Иванович,— продолжала она с несколько деланной улыбкой.— Садитесь и рассказывайте.

Ни для кого не было тайной, что Григорий Орлов, как фаворит императрицы, да к тому же человек, способствовавший ее возведению на трон, при дворе совершенно свой, но приходилось считаться и с влиянием графа Никиты Панина, ведшего массу дел и, главным образом, отвечавшего за внешние сношения империи. Между Орловым и Паниным существовало соперничество в смысле влияния на политику двора, и перевес не склонялся ни в одну, ни в другую сторону. Случай, заставивший их быть союзниками, несомненно, должен быть важным, и это не могло ускользнуть от острого ума государыни.

— Я узнал, государыня, что в иностранной коллегии получена бумага от Мерка,— заговорил Орлов, после обычных приветствий присев на кончик стула.— Сказывали мне, этот

Мерк пишет, что ничего против злодея сделать не может. Злодей этот шум и беспокойство чинит немалое. И надо бы против него принять опаску. У графа Никиты Ивановича, чай, доклад о нем приготовлен.

Панин, по лицу которого скользнула тень неудовольствия от того, что вмешиваются в его сферу деятельности, и притом опережают в докладе, касающемся области, состоящей в его личном ведении, суховато ответил:

— Если о таком деле не составить доклада, то о каких же составлять? Доскональный доклад изготовлен и при нем письмо Мерка.

Государыня откинулась на низенькую спинку кресла, взяла щепотку табаку из лежавшей на столе табакерки и, вдыхая его пряный и раздражающий запах, сказала:

— Прочти-ка нам его, Никита Иванович!

Панин, до сих пор сидевший, поднялся и, откашлявшись, начал:

— Как было вашему императорскому величеству доложено, в Черногории появился некий злодей и обманщик, именем Степан Малый, который называет себя императором Петром Третьим. Как дознано, сей обманщик, не довольствуясь тем, что нашел себе прибежище у черногорцев, собрал там шайку и начал уже с нею грабить купеческие караваны. Справками и сведениями выяснено нижеследующее, о чем и позволю напомнить вашему величеству. В 1766 году прибыл из Боснии в Черногорию некий лекарь или знахарь и стал лечить раненых, каких в Черногории всегда множество, так как нравы черногорского народа до крайности жестоки, а обычаи дики и свирепы. Занимаясь врачеванием, этот лекарь, Степан Малый, старался показать, что он не обыкновенный человек, говорил всегда якобы с некоей вдохновенностью, пророчествовал, поучал и наставлял черногорцев переменить образ жизни. Около сего же времени приехал в Черногорию русский офицер, командированный иностранной коллегией за вещами черногорского митрополита Василия, оставшимися после кончины этого владыки в 1766 году, во время пребывания его в Петербурге. Степан, познакомившись с этим офицером, много расспрашивал его о России, о российских порядках и делах. Вскоре после этого и пошли толки среди черногорцев, что Степан — не кто иной, как русский император Петр Третий.

Орлов слушал со скучающим видом. Императрица была серьезна; складочка на лбу прорезалась резче; рука нервно то открывала, то закрывала крышку лежавшей на столе табакерки.

— Что же, и он сам тоже заявляет прямо, что он — российский император? — промолвила она, вскидывая на Панина взор.

— Н-нет,— ответил тот,— по сведениям этого не видно. Но распространению слухов он не мешает и даже старается поддержать их своими странными выходками. Вот например.— Никита Иванович перелистнул доклад и прочел: — "Означенный Степан отправился из Черногории сперва в Каттаро, где работал каменщиком, а оттуда — в местечко Майну, и поступил работником к некоему Марку Буковичу Бовару. Слышали здесь от него такие речи: "Когда Господь Бог восхощет, то я сделаю, что никто из вас не будет носить никакого оружия". Затем всем было ведомо, что он посылал одного приятеля каменщика с письмами в Россию и что, увидев в одном монастыре портрет императора Петра Третьего, заплакал; говорили также, что, когда однажды на него кто-то облокотился, он сказал: "Если бы ты знал, на кого облокачиваешься, то бежал бы от него, как от огня". Много ходит и ходило людей, которые говорят, что видели портреты государя Петра Федоровича и что по этим портретам Степан Малый очень схож. А между тем, что сходства нет никакого, явствует из того, что наружность этого злодея такова: на вид ему с лишком тридцать лет, сухощав, роста среднего, лицо белое, продолговатое, волосы светло-русые, лоб широко выпуклый, глаза малые, впалые, серые, быстрые; нос длинный, тонковатый, рот большой. Голос у Степана Малого тонкий, как у женщины. Говорит этот Степан, кроме что по-сербски, также по-французски, по-немецки и по-итальянски".

Панин продолжал чтение доклада монотонным голосом. Императрица сидела, задумчиво опустив голову. Тяжелые мысли бродили в мозгу у великой царицы.

Конечно, ее мало страшило и заботило появление какого-то юродивого самозванца-черногорца, но этот сам по себе незначительный факт вместе со многими другими составлял уже нечто.

"Бороться, бороться без конца,— думала Екатерина.— Недовольство, беспорядки внутренние, недоразумения внешние. Всюду произвол, взяточничество, бесправие масс и поразительное невежество. Сколько нужно сделать! Хватит ли сил? Или устану на полпути? Только бы совершить задуманное. А задумано много, ой, много! Самому Великому Петру было бы под стать.— Она подняла голову и встретилась с пытливым взглядом графа Орлова. Щеки императрицы слегка вспыхнули, и она продолжала думать: — Мне нельзя слабеть и падать

58

духом. Я должна служить примером для других. Свершим работу по мере сил. Только бы вот эти Степаны Малые не мешали и иная мошкара".

Ее лицо прояснилось.

Между тем Панин читал свой доклад:

"Иностранной коллегией командирован был в Черногорию господин советник Российского посольства в Вене Мерк с увещательною грамотою к тамошним жителям, чтобы не верили самозванцу. Ныне этот Мерк пишет, что ехать в Черногорию, не подвергая себя опасности, никак не мог, ибо черногорцы крайне привержены к Степану..."

— Мерк никуда не годится. Надо покончить с этим делом и послать смелого человека. Вот хотя бы князя Юрия Долгорукого,— быстро сказал Орлов.

Императрица поморщилась и строго взглянула на первого после нее человека на Руси. Она не любила непрошеных советов от кого бы то ни было и сказала:

— Ты оставь мне доклад, Никита Иванович, я положу резолюцию. Спешить нечего, нужно хорошенько подумать.

— Дело серьезное, как же не спешить? — опять не выдержал Григорий Григорьевич.— И Долгорукий прекрасно бы...

Императрица перебила его с некоторой холодностью:

— Не столь серьезно, как кажется. Важен не этот Степан Малый, а толки, которые он вызывает. Торопиться нам не следует: есть вещи и посерьезней. Кроме того, у меня есть некоторый прожект, которым я хочу очень заняться.

На лице Орлова выразилось явное неудовольствие: избалованный милостью государыни, фельдцейгмейстер {Главный начальник всей артиллерии.— Прим. ред.} был раздосадован как тем, что императрица не обратила должного, по его мнению, внимания на предложение отправить князя Долгоруког, так и тем, что у царицы был какой-то таинственный прожект, о котором ему, Орлову, ничего не известно.

Панин хорошо знал характер графа, который как был быстр на решения, так в равной мере и упрям. Видя досаду Орлова, он был уверен, что Григорий Григорьевич не уступит, и рано или поздно Долгорукий будет отправлен в Черногорию.

"И чего дался ему этот Долгорукий?" — подумал он, но, будучи опытным царедворцем, положил в сердце своем поддержать при случае Орлова, так как победа должна была остаться на стороне Григория Григорьевича.

Однако теперь он ничего не сказал и с невозмутимым

видом, будто не замечая разыгравшейся маленькой ссоры, стоял, перебирая бумаги.

— У тебя еще есть доклады и, кажется, многонько, Никита Иванович? Ты оставь их здесь, я прочту, а завтра потолкуем. А теперь мне надо одеться да выйти к тем,— сказала государыня, кивнув в сторону приемной.

Императрица встала и с милостивой улыбкой протянула Панину руку; Никита Иванович благоговейно облобызал ее и, с низким поклоном пятясь к дверям, вышел из кабинета.

Орлов остался. Екатерина Алексеевна посмотрела на него, добродушно улыбаясь, и промолвила:

— Надулся на меня, бедную, Григорий Григорьевич?

— Матушка! — воскликнул граф, державший себя очень свободно с государыней, когда не было посторонних глаз.— Что же это значит? От меня скрывают какие-то прожекты и вообще...

— Тсс... Не смей сердиться! Первым о прожекте узнаешь ты, а иным долго и вовсе не скажу. Пока же секрет даже и от тебя. И очень просто почему: станешь отговаривать, скажешь, что опасно будто бы...

— Опасно? — с удивлением спросил Орлов.

— Так думают некоторые, но не я. Скажи пожалуйста, много слышал ты об английском лекаре Дженнере?

— Говорят, искусный лекарь.

— Надо выписать его из Англии.

— А разве, матушка, вы не в добром здоровье?

— После, после! — перебила его императрица, шутливо зажимая уши.— И слушать тебя не хочу — наверное выпытаешь. Впрочем,— добавила государыня уже серьезно,— в самом деле вам надо с тобой поговорить о прожекте. Оставайся сегодня у меня обедать, за обедом потолкуем. Ну, мне пора!

Императрица быстро удалилась, оставив баловня счастья в раздумье и недоумении.

XI

Был неприветливый осенний день. Свияжские уже давно перебрались в свой городской дом. Надежда Кирилловна стояла у окна и смотрела, как вьются в порывах ветра

60

сорванные листья с ближайших деревьев и, рея разноцветными бабочками, падают: в серую грязь.

Вихрем неслись и мысли красивой жены старого его превосходительства Андрея Григорьевича, неслись так же беспорядочно, но беспрерывно и неустанно, и так же бессильные противостоять могучему порыву, как отпавшие от родимых ветвей древесные листья.

Надежда Кирилловна была одна. Комедию играть было не перед кем, и она не старалась из своего лица делать любезную, красивую, но непроницаемую маску. Брови сдвинулись, губы сложились сурово и надменно, жесткий огонек светился в прекрасных глазах. Есть физиономии, которые способны внушать страх и наводить робость на далеко не робкие души. В данный момент таково было лицо Свияжской, оставаясь все-таки демонически красивым.

"Удивляюсь! Я — и рядом эта хиленькая девчонка! — проносилось в голове Надежды Кирилловны.— Маленький скверный заморыш!.. Однако он любит-то все же ее, а не меня".

Жгучее чувство оскорбленного самолюбия и ревности шевельнулось в тяжело дышащей груди.

"А он-то, он! Армейский, невзрачный офицерик! Экий кумир!" — желая вызвать презрительную улыбку на своих устах, подумала она.

Но улыбнулась скорее страдальчески, где-то в глубине души мучительно шевельнулось:

"А все-таки я его люблю... Ах, как люблю!.. Мой Бог! Что мне делать, что делать? Я раньше так боролась с собою. Я и виду не подавала, была ровна с ним, как и со всеми. Надо сказать правду, думала, что он не уйдет от меня непобежденным. Я ведь и не таких побеждала одним своим словом, одним взглядом, пожатьем руки. Я надеялась... Самое горькое было, когда надежда рухнула. Проклятый день! Его нельзя забыть!"

И живо предстало перед Надеждой Кирилловной недавно минувшее.

Это было на даче. Стоял чудный день. С томиком Вольтера в руке (государыня читала Вольтера, следовательно, надо было читать его и Свияжской, хотя глубины его философии она не понимала и частенько позевывала над книгой) Надежда Кирилловна сидела в беседке, сплошь окутанной плющом. Солнечные лучи едва проникали сквозь зеленый покров и пятнами ложились на покрытом ковром полу. Свияжская чувствовала себя здоровой, бодрой, свежей, полной сил и надежд; она лениво перелистывала страницы, ее мысли витали далеко-далеко и от печатных строк, и от этой беседки. Кровь клокотала, и летели мечты, сладкие грезы, полные страсти и неги.

Вдруг Надежда Кирилловна услышала голоса, и тотчас же унеслись ее грезы, и упала она с неба на землю.

Прильнув лицом к чаще листвы плюща, она увидела, что по дорожке сада идут Ольга и Евгений Дмитриевич Назарьев. Он слегка придерживал девушку за талию, ее рука лежала на его плече.

"Вот они как, вот!" — подумала Надежда Кирилловна и даже вздрогнула от злости.

Но слова, которые послышались совсем близко от нее, еще более наполнили злобой ее сердце.

— Видишь ли, милая,— несколько печально сказал офицер,— я должен тебе признаться, что не надеюсь на счастье нашей любви. Будем, родная, смелы, будем смотреть прямо в глаза опасности. Подумай сама: ты — дочь генерала, богатая невеста, я же — малородовитый и небогатый дворянин. Ты — фрейлина государыни императрицы, я — армейский обер-офицер, живущий почти на одно свое скудное жалованье. Само собой, твой отец никогда не допустит нашего брака.

Голова Ольги была понурена, рука нервно мяла ветку.

— Женя! Оставь! Не стоит говорить об этом! — с тяжелым вздохом промолвила она.

— Погоди! Будем смотреть прямо и смело вперед, не закроем глаз перед опасностью. А твоя мачеха? Ты знаешь, она с радостью отдала бы тебя за последнего нищего, за своего крепостного конюха ради того, чтобы поглумиться и унизить тебя, но за меня не отдаст, если догадается или узнает, что ты будешь со мною счастлива. Мне со стороны виднее то, чего не угадываешь ты. Она умна, умеет скрывать свои чувства, но терпеть не может ни тебя, ни Николая. В ней вообще есть что-то и страшное, и до ужаса притягивающее, как глаза змеи птичку — это я недавно читал во французской книжке,— и... иногда отталкивающее. Николай, конечно, будет за нас, но чем он может помочь? Так, видишь ли, впереди надежд у нас нет. Поэтому, к чему я речь вел, уповать нам надо только на самих себя. В твоей любви я не сомневаюсь; ты ведь в моей, я думаю, тоже?

— Гадкий! — притворно рассердилась Ольга.— Еще смеет спрашивать об этом! Уж я ли не люблю!

Назарьев зажал ей уста поцелуем и продолжал:

— Ну так мы и устроимся независимо от разрешения папаш и мамаш. Я выжидаю время. Более или менее —

конечно, до некоторой степени — обстоятельства мои через несколько месяцев поправятся. Я должен получить наследство, небольшое, правда, но все-таки. Я заплачу в селе попу хоть половину всего, что получу, он нас повенчает без разрешения твоего отца и моего начальства, а потом заживем мы не в палатах, а, быть может, в лачужке, да счастливо. Будем надеяться, что родители нас простят, ну а нет — Бог им судья. В крайнем случае увезу тебя на наш хуторок: мой-то батя, знаю, не перечит. Хватит смелости?

— Без родительского благословения?.. Самокруткой... Как грустно, как грустно! Но, конечно, я за тобою всюду. Поделим и грех, и счастье. Только бы быть с тобою да любить друг друга! — пылко воскликнула молодая девушка.

Назарьев заключил ее в объятия.

— Кто-то идет! — сказал она, вырываясь.

На боковой тропинке действительно раздались шаги. Показался чуть ли не бежавший лакей.

— Не видали ль барыни? Их превосходительство ждут, потому из Питера прибыли с важным гостем.

А Надежда Кирилловна сидела, притаясь в беседке, вся клокоча от злобного волнения и боясь дышать, чтобы не выдать своего присутствия.

Лакей убежал, ушли и влюбленные. Только тогда Свияжская покинула свое убежище. И тогда же поклялась в душе, что лучше умрет, чем увидит счастье Ольги с ним.

Вспомнилась эта сцена Надежде Кирилловне, и даже дух заняло у нее от озлобления.

— Я вам покажу, голубки!..— прошептала она сквозь стиснутые зубы.

А мысли вились:

"Попробовать бороться? Смять эту девочку? Самое лучшее было бы удалить ее от него. Выдать, например, замуж. Вот хотя бы за князя Дудышкина. Небось, Олька была бы рада..."

И она невольно усмехнулась, представив себе противную фигуру князя рядом с эфирной, небесной Ольгой.

"Дудышкин! Дудышкин! Вот ей действительно пара! А князь имеет виды на нее. Развратник, скверненький человек, вероятно, в долгах. Это будет отлично! Господи, как я ненавижу Ольгу!.. Этот брак ее будет моей местью. Надо уломать Андрея, намекнуть Дудышкину, что он не получит отказа. Мне давно хотелось этого брака Ольги с князем. Во всяком случае она должна, должна удалиться из нашего дома. Она мне во всем помеха. Евгений Дмитриевич, верно, быстро охладеет к ней

63

после ее замужества, а в том, что она с ним не станет водить амуров, и сомневаться нельзя: хоть и не будет любить мужа, а изменять не станет, знаю я ее характер. Быть может, тогда Назарьев... Э, что далеко загадывать! Интересно знать, придет он сегодня? Ольги и Николая нет дома, муж занят у себя... Может быть, и поговорили бы по душам".

При мысли о Назарьеве словно теплом повеяло Надежде Кирилловне. Она прошлась по комнате, потом опустилась в кресло.

"Напротив сел бы он. Стали бы говорить. Неужели Ольга так-таки его всего и захватила? Неужели уж так-таки он на меня и внимания не обратит?"

Ей страстно захотелось увидеть лицо молодого офицера, услышать его голос.

"Господи! Хоть бы пришел! Как я была бы рада, рада!.. Фу! Я волнуюсь, как пятнадцатилетняя девчонка".

И вдруг Свияжская насторожилась: раздался звонок, которым гайдук, исполнявший роль швейцара, давал знать о прибытии гостя.

"Бог мой! Неужели он? — мелькнуло в голове у Надежды Кирилловны, и она вся замерла в напряженном ожидании, причем была почему-то почти уверена, что приехал Назарьев.— Сейчас он войдет. Милый, хороший!.."

Лакей бесшумно отворил дверь и доложил:

— Его сиятельство князь Дудышкин.

XII

Во второй половине сентября 1768 года и в первых числах октября при дворе и в высших кругах петербургского общества царило странное, никогда прежде не бывавшее настроение. Точно все чего-то ждали и знали об ожидаемом, но хранили про себя это знание тайны. При иностранцах иногда даже у людей говорливых вдруг язык немел, и очи смущенно опускались долу: видно, говоривший сам себя ловил, что сболтнул лишнее и чуть не коснулся секретнейшего прожекта, задуманного императрицей.

Часто среди царедворцев слышались вздохи: "Ах, что-то еще будет!". Часто также один сановник, встретившись с другим, таинственно спрашивал:

— Но скажите по совести: неужели и в самом деле решено?

— Решено,— отвечал тот шепотком.

— Ска-а-жите! Мне сказывали, что уже и этот англичанин приехал.

— Как же... Давно!

— Да, дела. Как-то все это пройдет?

— Не говорите!

И сановники смотрели друг на друга боязливо и печально.

Причина волнения крылась в том, что ходил упорный слух о намерении императрицы привить себе оспу. Для нас прививка оспы кажется только благодетельной и совершенно безопасной; не так думали люди XVIII столетия: в то время вопрос о прививке оспы был очень спорным и имел как убежденных сторонников, так и ярых врагов, причем последних было больше. К числу защитников оспопрививания принадлежала Екатерина II, в числе ее противников имелись такие люди, как, например, король Фридрих Великий. Оспа в описываемую эпоху составляла бич населения Европы, а России в особенности. Императрица верила в спасительность прививки, и, чтобы положить конец недоверию масс к оспопрививанию, решила, для примера другим, сама подвергнуться этой, в глазах многих весьма рискованной операции.

Свою решимость на это государыня поясняет в письме к Фридриху II:

"С детства меня приучали к ужасу перед оспой, в возрасте более зрелом мне стоило больших усилий уменьшить этот ужас. В каждом ничтожном болезненном припадке я уже видела оспу. Весной прошлого года, когда эта болезнь свирепствовала здесь, я бегала из дома в дом, целых пять месяцев отсутствовала в городе, не желая подвергать опасности ни сына, ни себя. Я была так поражена гнусностью подобного положения, что считала слабостью не выйти из него. Мне советовали привить оспу сыну. Я отвечала, что было бы позорно не начать с себя самой: ну как ввести оспопрививание, не подавши примера? Я стала изучать предмет, решившись избрать сторону, наименее опасную. Оставаться всю жизнь в действительной опасности с тысячами людей или предпочесть меньшую опасность, очень непродолжительную, и спасти множество народа. Я думала, что, избирая последнее, я избрала самое верное".

Таково было твердое решение великой государыни.

Из Англии был выписан доктор Дженнер, известный тем, что у него из шести тысяч людей, которым он произвел операцию, умер только один ребенок.

Несмотря на осеннюю пору, императрица переехала из Петербурга в Царское Село, чтобы там, удалившись от дел, на покое привести в исполнение свое намерение...

* * *

Князь Дудышкин вошел в комнату с необычайной поспешностью.

— Я только что из Царского Села,— заговорил он, приложившись к руке Надежды Кирилловны.— Конечно! Теперь это уже не секрет: императрица привила оспу. Ах, не погубил бы государыни этот заморский лекарь своей прививкой. Но какова решительность нашей обожаемой монархини! А? Мы должны следовать ее примеру. Должны!

Надежда Кирилловна едва слышала, что он говорит. Она рассеянно роняла: "Да. Конечно!". Но в то же время думала: "Какой он надоедливый. Противный!"

— А Ольги Андреевны разве дома нет? — вдруг спросил князь.— Хотелось бы засвидетельствовать ей мое почтение.

При имени падчерицы Свияжская встрепенулась.

— Нет, она уехала за какими-то покупками,— ответила она, а затем, окончательно овладев собой, продолжала с обычной живостью: — О мачехах обыкновенно думают, что они ненавидят своих падчериц и пасынков. Быть может, это и справедливо по отношению к другим. Возможно, что я являюсь только исключением, но... Я люблю этих бедных сирот, отданных на мое попечение. Люблю и Николая, и Ольгу одинаково. Ненавидеть их — это как-то дико звучит для меня!

— О, я знаю! — пробормотал князь, несколько недовольный тем, что разговор сбился с предложенной им темы об оспопрививании вообще и о предстоявшей ему подобной операции в частности, ведь он хотел себя выставить героем, не боящимся страданий и едва ли не смертельной опасности.

Между тем Свияжская продолжала:

— Возьмите Николая. Что за милый юноша! Всегда скромный, вежливый, почтительный. Да, право, трудно найти молодого человека лучшего, чем он, в наше время. А Ольга! Да ведь это ангел. Я часто, глядя на нее, с тоскою думаю: "Боже мой! Неужели такого ангельчика отнимут у меня?". Но,— добавила она со вздохом,— таков удел девушек: выросла — покидай родительский дом. А для моей милой Олечки опасность этого удаления тем большая, что она — завидная невеста: отец в больших чинах, со связями при дворе, богат и наверно даст хорошее приданое; при этом сама Ольга обворожительна. Право, я часто сетую, что я не мужчина: уж я бы не упустила такого клада; зевать нельзя, женихов не убережешь: хлоп — и упорхнула пташка.

Князь сидел, странно насторожившись, и, обыкновенно болтливый, молчал, ловя каждое слово.

— Но, как бы то ни было,— продолжала Надежда Кирилловна с видом покорности судьбе,— если бы действительно порядочный человек попросил руки Ольги, я, хотя и с сердечной болью перед предстоящей разлукой, поддержала бы его предложение. Поддержала бы, потому что судьба моей падчерицы дорога мне, как своя собственная, если еще не дороже. Простите, князь,— вдруг переменила она тон, придавая лицу дружески-теплое выражение,— что я разболталась так обо всем этом. Но ведь вы у нас почти свой, а, знаете, иногда хочется, так сказать, отвести душу сердечной беседой. Наскучила я вам, а? Ну что же об оспе? Рассказывайте.

— Нисколько не наскучили, помилуйте! — заговорил князь.— Напротив! Я крайне польщен, и для меня честь...

Громкий звонок, оповещавший, что кто-то приехал, прервал его речь. (Заметим, кстати, что Андрей Григорьевич, перепоров многое множество докладывавших казачков, состоявших на посылках у дежурящего возле подъезда гайдука, нашел их службу все же неисправной, и их обязанности стал исправлять шелковый шнур, прикрепленный к звонкому серебряному колокольчику.)

Свияжская, заслышав звонок, поморщилась: в данный момент, несмотря на все отвращение к Семену Семеновичу Дудышкину, ей было неприятно, что беседа прервалась, так как она ожидала от нее весьма полезных результатов, которые могли существенно отразиться на судьбе Ольги.

Лакей доложил:

— Их благородие Александр Васильевич.

Генеральша, как звали Наталью Кирилловну за глаза слуги и захудалые родственники, вторично поморщилась. Посещения новоиспеченного гвардейца ей были вообще не по сердцу, так как она не видела ни смысла, ни пользы от него и притом чувствовала в нем человека, мало расположенного к ней. В данный момент его приход был тем более нежелателен, что юный прапор служил помехой к продолжению "сердечного" разговора; но день был приемный, и волей-неволей гостя приходилось принимать.

Александр Васильевич, узнав от прислуги, что ни Николая Андреевича, ни Ольги Андреевны нет дома, думал было уйти, но затем ему показалось неловким сделать это, так как "старые" Свияжские должны были узнать от лакеев, что он заходил, и могли обидеться на его уход. Поэтому он решил зайти ненадолго и потом удрать, сославшись на дела.

Когда он вошел в гостиную, его неприятно поразило присутствие Дудышкина, но он уже настолько искусился в светском лицемерии, что ничем не выдав себя, любезно поздоровался с князем и Надеждой Кирилловной и стал якобы с величайшим вниманием прислушиваться к разговору, тему которого князь моментально переменил, едва лакей доложил о прибытии гостя.

— Как я и говорил, любезнейшая Надежда Кирилловна,— болтал Семен Семенович, играя огромным лорнетом,— мы должны последовать примеру государыни. Вы знаете,— обратился он к Кисельникову,— событие совершилось: императрице сегодня сделана прививка оспы.

— Я уже слышал, мне в полку говорили,— ответил Александр Васильевич.— Матушка государыня жизни своей не жалеет ради пользы отечества.

— Я надеюсь, что были приняты все меры, чтобы здоровье императрицы не пострадало,— вставила свое слово Свияжская.

— Какие же могут быть меры? Тут риск, опасность несомненные,— сказал князь.— Но, несмотря ни на что, я ей подвергнусь: я решил сделать себе прививку.— Он посмотрел на своих собеседников с геройским видом; его белесые глазки самодовольно блестели: "Знайте, дескать, на что я способен!" — Да, да! — продолжал он, захлебываясь и выпячивая грудь.— Я — верный подданный моей монархини, и я это сделаю. Я не стану восхвалять себя, самохвальство не в моей натуре, но скажу прямо, что я не трус. Хотя я не бывал в сражениях, но наверно трусости не выказал бы, если бы довелось биться за мою родину и за матушку царицу. Это несомненно. Я и теперь нисколько не боюсь. Прививка опасна, слов нет. Быть может, я умру.— Князь сделал печальное лицо.— Быть может, захвораю, и болезнь меня обезобразит (Надежда Кирилловна кинула на него насмешливый взгляд), но я отважусь на все, я готов пострадать. Этого требуют моя совесть, мой долг,— напыщенно закончил князь.

Кисельникова коробило от этого пустого самохвальства, и он подумал:

"Ишь, ты, ферт. Черт знает, что думает о себе!" Он злился, но старался не показать виду. Однако цельная натура провинциального жителя взяла свое, и Александр Васильевич не выдержал.

— Полагать надо,— грубым тоном сказал он, насмешливо смотря на Дудышкина,— что матушка царица меньше говорила о предстоящей прививке, чем вы. А она — женщина, вы же — мужчина, да еще офицер. Стыдно вам бахвалиться! И скажу я вам, что вы трусите, оттого столько и трезвоните. А вот государыня все исподтишка да молчком устроила. Вот ею дивиться действительно можно. А вы себя за что же превозносите? Мы и все привьем оспу, так что же из того? Или нам тоже об этом кричать?

Надежда Кирилловна с удивлением смотрела на вспылившего юношу. Дудышкин сперва словно оцепенел, его лицо покрылось багровыми пятнами, он потерялся и опешил.

— Как же это? Вы?..— пробормотал он.

— Так же,— дерзко ответил Кисельников и поднялся.— Прощайте, Надежда Кирилловна: некогда мне, дела ждут,— сказал он, прикладываясь к руке Свияжской.

— Вы смели!.. А!.. Сатисфакцию надо,— продолжал бормотать князь, сидя как пришибленный.

— Если пожелаете, можно,— ответил Александр Васильевич и, слегка поклонившись Семену Семеновичу, вышел.

По его уходе Дудышкин вдруг осмелел.

— Нет, я покажу этому мужлану! Я покажу, что значит князь Дудышкин! — воскликнул он, вскочив с кресла.

— Оставьте!.. Стоит ли обращать внимание? — промолвила его собеседница, едва сдерживая улыбку.

— Грубиян! Мужик! Сатисфакция незачем, не стоит мараться. Я иначе. Он узнает! — говорил князь, расхаживая по гостиной.

Приезд Ольги положил конец его волнению. Князь пересилил себя и с места в карьер повел речь о своем намерении привить оспу и о предстоящей ему опасности.

Девушка слушала его со скучающим видом и думала: "Какой он отвратительный!". А мачеха со злою полуулыбкой смотрела на падчерицу и Дудышкина, размышляя:

"Погоди, матушка, я тебе устрою."

* * *

Примеру императрицы последовало множество знати. При встречах знакомые спрашивали друг друга вместо обычного вопроса о здоровье:

— Что? Прививали?

Государыне оспа была привита 12-го октября. Операция прошла успешно.

"Я была очень удивлена,— написала императрица,— увидевши после операции, что гора родила мышь. Я говорила: стоило ли возражать против этого и мешать людям спасать себе жизнь такими пустяками! Я не ложилась в постель ни на минуту и принимала людей каждый день. Генерал-фельдцейгмейстер, граф Орлов, этот герой, подобный древним римлянам лучших времен республики по храбрости и великодушию, привил себе оспу и на другой же день после операции отправился на охоту в страшный снег".

Через неделю была сделана прививка и великому князю Павлу Петровичу.

22-го ноября сенаторы, депутаты комиссии по составлению нового уложения, члены коллегий и канцелярий, после торжественного молебствия в соборе Рождества Богородицы, отправились во дворец благодарить государыню и поздравлять с выздоровлением.

Семилетний мальчик, Александр Марков, от которого была взята оспенная материя, был возведен в потомственные дворяне и переименован в Оспенного; врач Дженнер был пожалован в бароны, лейб-медики, награжден чином действительного статского советника и ежегодной рентой в пятьсот фунтов стерлингов.

Еще высшее петербургское общество не успело успокоиться от волнения, вызванного событием прививки оспы, как было взволновано новою и на этот раз печальною вестью: Турция объявила войну России.

XIII

Старик Свияжский сидел в своем слишком аккуратненьком кабинете и, проверяя какой-то длинный счет, быстро откидывал костяшки на счетах, как вдруг дверь тихо отворилась. Он обернулся с досадой, но тотчас же выражение его лица сменилось приветливым.

— Ах, это ты, Наденька! А я думал, кто такой? Я, видишь ли, подсчетиками занялся,— проговорил он, любовно глядя на красавицу жену.

— Так я тебе, может быть, помешала? — спросила она, делая озабоченное лицо.

— Нет, мамочка. Подсчетики не к спеху... Да разве ты можешь мне помешать? Садись вот сюда, ко мне поближе... Я так рад, когда мы вдвоем, а то только на людях и приходится видеться. Золотинка ты моя, все хорошеешь! Не замучил, не заел, стало быть, твоего века старый муж, хе-хе! Так? А? — И он старчески дрожащей, морщинистой рукой потрепал жену по румяной щеке.

Она пододвинула поближе свой стул к его креслу, взяла обеими руками голову мужа и, прямо смотря ему в глаза, крепко поцеловала в тонкие, бескровные губы, причем промолвила, наморщив брови:

— И ты смеешь так говорить? Век заел? У, нехороший папка!

Андрей Григорьевич чувствовал теплоту ее ладоней, державших его голову, и горячие токи заструились в его старом теле; он словно молодел, становился бодрее и сильнее.

Эгоист, себялюбец до мозга костей, Андрей Григорьевич все свои действия и поступки основывал на холодном расчете; он способен был пожертвовать счастьем лучшего друга, даже счастьем детей, если бы этого потребовала его личная польза. Но было существо, которое зажгло горячую искру чувства в его окаменевшем сердце. Это была его жена, Надежда Кирилловна. Старик страстно и глубоко привязался к ней. Всякое ее желание, даже прихоть были для него законом; ей отказать в чем-либо было свыше его сил.

Свияжская отлично знала свою власть над мужем, но, как женщина умная, не злоупотребляла ею, и забрала старца в свои мягкие, бархатные кошачьи лапки незаметно и постепенно, но прочно.

— Никогда, никогда, папка, не повторяй таких глупостей! — продолжала она.— А то я тебя вот так, вот так.

Андрей Григорьевич млел и лепетал, смеясь:

— Не буду, не буду, цыпочка моя.

Вдруг Надежда Кирилловна отстранилась от него.

— А ведь я пришла, Андрюша, поговорить с тобою о важном деле.

— Ну, ну, слушаю. Какие же такие важные дела у моей женки? — шутливо промолвил он.

— Нет, правда, дело важное. Ты знаешь, как я люблю

твоих детей; другая мать своих родных так не станет любить... Конечно, их судьба не может не заботить меня, и их счастье — мое счастье. Ну так, видишь ли, мне надо поговорить об Олечке.

— Что же, собственно? — спросил Свияжский уже серьезно.

— Она уже второй год выезжает; многие ее подруги уже вышли замуж... Пора и нам думать о ее замужестве. Я постоянно бываю с Ольгой, и мне виднее, чем тебе, кто на нее имеет виды. Женихов множество...

— Еще бы! — самодовольно промолвил Андрей Григорьевич.— Она красива, не бесприданница, да и породниться со старым Свияжским — хе-хе-хе! — многим лестно.

— Конечно, это так. Стоит кому-нибудь оказать маленькое внимание, подать легкую надежду, что он не получит отказа, и свадьба готова. Но дело в том, что хочется устроить Олечке хорошую партию. Ведь не выдавать же ее за какого-нибудь Назарьева,— сказала она пренебрежительно.

Старик презрительно рассмеялся.

— Полагаю, хе-хе!

— А что ты, Андрюша, думаешь о Дудышкине?

— Об этом уроде? Неужели он нравится Оле?

— Я не знаю этого наверное, но, кажется, да,— проговорила Надежда Кирилловна, опустив глаза и играя тонким кружевом платья.— Ты ведь знаешь, девушки умеют хорошо хранить свои сердечные тайны. Ты говоришь, Дудышкин — урод. На чей взгляд. Он, правда, некрасив, но нравиться может. Да даже, если бы Ольга и не была влюблена, то что же из этого? Мы, люди, уже многое повидавшие на своем веку, должны быть благоразумнее девушки, у которой еще ветер в голове. После она нам же будет благодарна.

— Мне кажется, что торопиться с замужеством Оли нам еще нечего,— робко заметил Свияжский.

— Безусловно, ее лета еще не ушли, но... в настоящее время представляется такая прекрасная во всех отношениях партия, какой после может и не случиться. Князь Дудышкин очень родовит.

— Это верно.

— Он в родстве и с Паниным, и с Чернышевым, и с Долгорукими. У него превосходные связи при дворе. Ему предстоит блестящая карьера, это несомненно. Кроме того, он богат... Одним словом, условия самые блестящие.

— Ты, цыпочка, думаешь, что он любит Ольгу? — спросил Свияжский.

— Влюблен по уши и не умеет, чудак, скрывать. В ее присутствии он волнуется и краснеет, как мальчик... Нет, он, право, славный! Я уверена также, что он окажется хорошим мужем и что Ольга будет с ним счастлива.

— Я слышал, что у него, прости, целый гарем из крепостных девок!

— Э! Это кипит молодая кровь. Кто из мужчин в молодости не грешил этим? Признайся, папка, сам ты разве уж так безгрешен? А? Тоже был шалун.

Старик скромно опустил глаза.

— Кто без греха!.. Это правда.

— Ну вот видишь. Так зачем же кидать в князя камнем? Что ни говори, этот брак в высшей степени привлекателен. Упустить этот случай, значит, может быть, рисковать счастьем Ольги... И,— добавила Надежда Кирилловна с расстановкой,— нашей пользой. Ведь меня в равной степени заботит и благополучие той семьи, в которую ты меня ввел, и твое в особенности. А что Свияжские от этого брака много выиграют, это ясно. Они сразу породнятся со многими влиятельнейшими домами, и это создаст превосходные связи.

Она задела чувствительную душевную струнку старика.

— Это правда, правда,— проговорил он.

Его запавшие глазки блеснули: в его практичном мозгу уже сложилась, хотя пока и неясная, комбинация тех выгод, которые он может получить благодаря создавшимся прочным связям с Дудышкиными и их родственниками, которые все принадлежали к очень и очень сильным мира сего.

— Вот уж, что верно, то верно... Да... И какая же ты у меня умница, цыпочка! — воскликнул он, привлекая к себе жену.— Умница-разумница, паинька, красавица! — Лицо его сияло.— Это ты придумала хорошо... Выгода будет... И-и! Как же. Вот только не знаю, как Ольга. Пожалуй, заартачится,— продолжал он уже с серьезным видом.— Не нравится, правда, и мне долговязый князь. Ну да что же делать? Н-да! А что Свияжские вознесутся, и враги их падут, это всеконечно. Пожалуй, стоит эту свадьбу устроить, очень даже. Вот как-то Ольга?

— Папочка! Ведь мы хотим ее же счастья. Если она по легкомыслию не поймет этого, то надо заставить,— проговорила Надежда Кирилловна, ласкаясь к мужу.

— На это есть у нас родительская власть. Перечить Ольга не посмеет. А ты, мамочка, наверно знаешь, что князек хочет ее сватать?

Теперь уже он боялся, чтобы свадьба не расстроилась; счастье дочери было тут, конечно, ни при чем, он боялся за потерю своих выгод от этого брака, Ольга являлась только средством закрепления полезных уз, в его глазах она была не кем-то, а чем-то, не существом, а вещью, которой он мог распорядиться по своему усмотрению.

— Боже мой, на что же мне даны глаза! — воскликнула Надежда Кирилловна.— Я же вижу, что князь готов хоть завтра просить руки Ольги, но трусит. У молодых людей это часто бывает. Его надобно ободрить, дать возможность надеяться.

— Ободри, ободри! — согласился муж.— Ты, золотиночка, сумеешь это сделать.

— Еще бы нет! — гордо усмехнулась Надежда Кирилловна.

— Конечно. Ах, умница-разумница! А я бы так и проморгал этакого селезня! — пел свою песню Свияжский.

— Стало быть, отказа князю ни в каком случае не будет? — категорически спросила она.

— Ни в каком. Помилуй! Прямая польза. Я Кольку преотлично устрою, да и сам...

— Вот что,— перебила его жена.— Тут этот Назарьев... вертится все. Знаешь, могут быть толки...

— А ну его к шуту! Не принимать, да и конец.

— Нет, зачем же обижать его? — торопливо заговорила Надежда Кирилловна, которой удаление из дома Евгения Дмитриевича вовсе не представлялось желательным.— Надобно только возможно больше отдалять его от Ольги.

— Да разве ты что-нибудь подозреваешь? — опасливо спросил Андрей Григорьевич.

— Ой, нет! Скорее подозреваю, что она влюблена в Дудышкина. Я же тебе говорила. Но, знаешь, Назарьев пользуется славой сердцееда, так лучше подальше от греха.

— Совершенно верно. Девчонкам голову вскружить недолго.

— Так если ты позволишь, я приму некоторые меры...

— Отлично! Делай как знаешь. Я на тебя во всем полагаюсь, мамочка. Что за прелесть ты у меня, цыпа! — И Свияжский поцеловал жену в разгоревшуюся щеку.

Все, что надо, было сделано, и сидеть со стариком для Надежды Кирилловны более не представляло удовольствия.

— Ну, папка, я пойду,— проговорила она вставая.— И тебе мешать не стану, да и у меня дело есть.

— Посиди, милашка,— просительно сказал старик, притягивая ее за руку.

— Нет, в самом деле надо,— промолвила она, мягко высвобождаясь.— Я очень рада, что с этим покончено. Воображаю, как будет рад князь! Да, верно, и Ольга. Я ему только намекну, а уж остальное — твое дело.

Надежда Кирилловна слегка прикоснулась губами к щеке мужа и выскользнула из кабинета.

Свияжский, оставшись один, принялся было снова за счет, но работа не клеилась. Он встал, прошелся по кабинету и, остановившись перед висевшим на стене большим, хорошо исполненным портретом своей второй жены, с довольным видом потер руки и прошептал:

— Порадовала, золотиночка. Что за голова! Породнимся с Дудышкиными, так, ах, что за делишки станем обламывать.

Он даже облизнулся, предвкушая удовольствие.

XIV

Поступив в полк, Александр Васильевич хотел нанять себе помещение и съехать от Лавишева, но Петр Семенович настойчиво запротестовал:

— Живите у меня, пожалуйста, живите! Вам ведь не стеснительно?

— Нет, конечно, но я боюсь вас стеснить.

— Вот пустяки! Напротив: по крайней мере, теперь дом стал похож на жилой, а раньше был словно пустой гроб. Право, вы мне сделаете большое удовольствие, если останетесь.

Пришлось Кисельникову покориться, что он сделал не без удовольствия. Но больше всего был доволен этим старый Михайлыч.

— И отлично, что остался: береги батюшкины денежки,— сказал скуповатый старик.

Время Александр Васильевич проводил довольно однообразно, избегая всяких Иберкампфов и тому подобных. Ни разгул, ни светская жизнь с ее напыщенной изломанностью не привлекали его. Служба в гвардии, где зачастую сержанты, то есть унтер-офицеры из дворян, являлись на ученье — и то, если была охота,— в сопровождении лакеев, несших их тесак и ружье, была нетрудной; однако как рядовым, так и сержантом, и офицером Кисельников ревностно отдавался военным занятиям, за что товарищи-однополчане на него несколько косились, а начальство, хотя якобы и одобряло усердие юноши, в душе было не особенно довольно, так как своим рвением молодой офицер заставлял и начальников шевелиться, а они к этому не привыкли.

Большим развлечением для юноши служил театр, к которому он пристрастился, и если в "С.-Петербургских ведомостях" появлялось объявление, что "В большом театре, что у Летнего дома, представляема будет сумароковская трагедия "Синав и Трувор"", мольеровский "Тартюф" или иная, более или менее заслуживающая внимания пьеса скудного репертуара того времени, то юный прапор непременно был в числе зрителей.

Но в общем — не по сердцу было Кисельникову житье в Петербурге, и его мысли витали в далекой родной стороне, около родимого гнезда, с утопавшей в зелени садов усадьбой, с гладью раздольных лугов.

У него, как у гвардейского офицера, завелось много знакомств; он бывал на блестящих балах, повидал много хорошеньких женщин, начиная от красавиц, светских львиц, и кончая простушкой Машей Прохоровой, но его сердце оставалось спокойным, и образы этих женщин, иногда обворожительных, заслонялись милым его душе обликом соседки Полиньки. И часто, очень часто среди ночной тиши воскресала перед ним сцена последнего свидания с милой.

Было ясное весеннее утро; солнце еще не встало, только ярко-золотая полоска зари зажглась на востоке. Полинька, накануне приехавшая с отцом в усадьбу Кисельниковых для проводов Александра Васильевича, стояла с ним у пруда, гладкого, как зеркало, полуприкрытого ветвями низко нависших деревьев. "Ты знаешь, знаешь,— с дрожью шептала она,— ежели ты не вернешься, забудешь меня, то я вот в этот пруд". Слезы, как росинки, сверкали на длинных ресницах, и мучительно-страдальческим был взгляд ее васильковых глаз. Он целовал ее дрожащие ручки и лепетал, глотая слезы: "Тебя забыть?! Тебя?".

Каждый раз, когда он вспоминал ту сцену, ему хотелось бросить все: Петербург, службу, мысль о карьере — и лететь, стремглав лететь в тихий уголок, где, изнывая, ждет его царь-девица, его любимая и любящая. И как тогда, при свидании, слезы сжимали горло.

Давала силы только надежда на светлое будущее. Ни для него, ни для Поли не было тайной, что старики отцы давно порешили породниться и что свадьба Александра Васильевича с Полинькой — только вопрос времени: старики решили подождать "пока Сашка в люди выйдет", то есть послужит, получит один-другой чин, что для той эпохи было крайне важно: человек, не имевший чина, был чуть ли не изгоем, отверженным, презираемым недорослем {Заметим, кстати, что термин "недоросль" удерживался очень долго. Еще покойный поэт Н. А. Некрасов до конца жизни именовался по паспорту "недорослем из дворян".}.

Будущее казалось светлым, но тем тягостнее было настоящее; до тех пор, пока юный Кисельников по вольности дворянства мог выйти в отставку, нужно было порядочно послужить, "чтобы служба смеха достойной по краткости оной не показалась", как недавно писал ему отец.

Почти регулярно, два раза в неделю, исключительно по вечерам, к Александру Васильевичу приходили Назарьев и Николай Свияжский, с которым Кисельников очень подружился и был на "ты". Иногда эту маленькую компанию посещал и Лавишев. Александр Васильевич очень любил эти тихие беседы за стаканом чая или легкого вина, при трепетном свете одинокой свечи. Приятели вместе читали оды Ломоносова, трагедии Сумарокова, иногда пробегали полузабытый журнал "Трудолюбивая пчела" или мюллеровские "Ежемесячные сочинения". Когда бывал Лавишев, он вносил в маленькое собрание свой юмор и веселость, а по временам, когда на него нападал серьезный стих, став в позу, декламировал Корнеля и Расина с таким пафосом и таким изящным выговором, что ему мог позавидовать любой парижанин. Пускался, порой, в декламацию и Александр Васильевич, причем предпочитал ученому стихотворству Ломоносова сатирические стихотворения Сумарокова, вроде "Пьяный и судьбина":

Мурон, напившись пьян, воды пошел искать;
В желудке вздумал он огонь позаплескать:
Прибег к колодезю, но так он утомился,
Что у колодезя невольно повалился
И, жажду позабыв, пустился в сладкий сон...
Започивал тут он.
Не вздумал он того, что лег он тут некстати:
Раскинулся, храпит, как будто на кровати,
И уж спустился он в колодезь головой.
Судьбина пьяного, шед мимо, разбудила
И говорила:
Поди, мой друг, отсель опочивать домой!

77

Спроси, где ты живешь: твой двор тебе укажут,
Как ты утонешь, я — тому причина, скажут.

Учителем Кисельникова в декламации был Петр Семенович, и, надо сказать, очень строгим, допекавшим своего ученика беспощадными насмешками. Кисельников отшучивался, как умел, и мир не нарушался.

Эти маленькие беседы оказывали громадное влияние на духовное развитие Александра Васильевича. Он сам сознавал, что стал совсем другим человеком, чем был до приезда в столицу: его кругозор расширился, он стал сознательнее и вдумчивее относиться к явлениям окружающей жизни, и многие из них стали видеться ему в ином свете.

Эти собрания бывали только по вечерам, так как днем все были заняты кто службой, кто делами; поэтому Александр Васильевич немало удивился, когда однажды, в зимний день, возвратившись с полкового ученья, застал у себя Назарьева. Капитан показался ему озабоченным и немного смущенным.

Михайлыч, исправлявший у Кисельникова должности и эконома, и лакея, и дядьки, накрыл на стол, и Александр Васильевич, усталый, продрогший и голодный, пригласив гостя разделить трапезу, стал с наслаждением уписывать похлебку и разваренное мясо, сдабривая все куском ароматного хлеба. Евгений Дмитриевич ел вяло, и, конечно, в этом играла роль не скудость обеда, так как армеец был неприхотлив и питаться ему в былое время приходилось зачастую одними солдатскими сухарями с водою или, в лучшем случае, с квасом.

Беседа шла вяло. Видимо, какая-то мысль занимала Назарьева, и он собирался с духом что-то сказать Кисельникову. Тот подметил это, но пускаться в расспросы считал неудобным и ждал, пока Евгений Дмитриевич сам поведает ему цель своего посещения.

Только когда приятели, закурив трубки с длиннейшими чубуками, расположились, блаженствуя, на мягком диване, Назарьев заговорил, зачем он пришел.

— У меня к тебе просьба, Александр Васильевич,— сказал он.

— Просьба?

— Да, и даже очень большая. Можешь дать мне честное слово, что никому-никому не скажешь о ней, все равно, исполнишь ли ты ее или нет?

— Даю слово.

— Верю. Спасибо! Голубчик, ведь ты у Свияжских бываешь довольно часто?

— Да. А что?

— Ну так вот. Я тебе дам записочку, а ты... Ты, будь друг, передай ее Ольге Андреевне! — сказал Назарьев не без смущения.— Но так, чтобы никто не заметил,— добавил он торопливо.

Кисельников посмотрел на него с недоумением и медленно ответил:

— Хорошо... Отчего же. Но ведь и ты сам к ним ходишь.

— Хожу,— с мрачным видом промолвил капитан,— но с некоторых пор либо Ольгу ко мне вовсе не выпускают, либо при ней всегда Надежда Кирилловна или — того хуже — князь Дудышкин. Он там, кажется, и днюет и ночует.

— Да, это верно, Дудышкин постоянно у них толчется.

— Скажу тебе прямо,— с нервной дрожью в голосе продолжал Назарьев.— Я страстно, до безумия люблю Ольгу, она меня тоже любит, а теперь мы разлучены. Мы не можем перекинуться и парой слов. Когда я вижу Ольгу, мне хочется броситься к ней, обнять, зацеловать, но приходится сдерживаться и казаться спокойным, когда в душе бушует буря. Если бы ты знал, какая это мука! Я вижу, что и она, моя птичка, страдает. В ее взгляде я подмечал такую тоску, что у меня сердце рвалось. Прежде мы виделись с ней свободно; теперь не знаю, что произошло; может быть, заподозрили. Вот я и надумал передать ей письмо через тебя. Если сможет, пусть ответит. Я верю, Саша, в твое честное слово: ты никому не выдашь. О нашей любви с Олечкой никто не знает, даже ее брат, хоть я с ним большой приятель. Ты когда пойдешь к Свияжским?

Александр Васильевич был тронут этой исповедью и доверием, оказанным ему Евгением Дмитриевичем.

— У меня время не занято. Если хочешь, схожу хоть сейчас,— проговорил он.

Назарьев так за него и ухватился.

— Голубчик! Вот разодолжишь! Иди, иди! А я здесь подожду. Ай, славно! И князя теперь, верно, нет, он, кажется, попозже приходит. И день у Свияжских не приемный, но тебя-то примут, конечно. Улучи минутку и отдай письмецо. Пусть бы ответила. Вот буду ждать-то! Одевайся, родимый, скорее!

— Быть по сему! — с улыбкой промолвил Александр Васильевич и пошел переодеваться.

У Свияжских гостей никого не было. Занимать разговорами такого своего человека, каким был в их доме Кисельников, Надежда Кирилловна находила излишним; она поздоровалась с ним и предоставила его самому себе и вниманию Ольги.

Оставшись наедине с Ольгой Андреевной, Кисельников внимательно посмотрел на нее. Назарьев был прав: девушка сильно изменилась, похудела и казалась опечаленной.

— Ольга Андреевна! — шепнул он ей.— У меня есть кое-что вам передать.— А когда она взглянула на него с недоумением, он положил ей в руку письмо и сказал только: — От Назарьева.

Ольга ярко вспыхнула, вздрогнула и дрожащими пальцами, комкая, быстро спрятала записку.

— Я сейчас,— пробормотала она, кинув на Кисельникова благодарный взгляд, и чуть не бегом удалилась из комнаты.

Оставшись один, Александр Васильевич, уже давно переставший быть наивным и простодушным провинциалом и хорошо познакомившийся с людской расчетливостью, невольно тяжело вздохнул: ничего хорошего не ожидал он от этой любви бедного армейского капитана и знатной, богатой девушки, фрейлины императрицы.

Ольга Андреевна отсутствовала довольно долго. Запершись у себя в спальне, она с трепетом развернула письмо.

"Родная, голубка моя! Что это с нами делают? Если бы ты знала, как я мучаюсь, когда вижу тебя и не могу обменяться ни единым задушевным словечком. Ангел мой! Что случилось? За тобой следят? Узнали про нашу любовь? Если так, отчего просто не откажут мне от дома, а продолжают принимать, и очень любезно, в особенности Надежда Кирилловна? Она вообще стала какая-то особенная. Почему обрушилось на нас такое несчастье? Я теряю голову, родная. И днем и ночью мои думы носятся около тебя. Что будет? Неужели конец нашему счастью, нашей любви? Лучше тогда смерть! Когда я думаю о тебе, во мне пробуждается такая сила, что я, кажется, вырвал бы тебя из когтей самого сатаны. Милая! Я верю, что ты все та же: не охладела, не разлюбила? Ведь да? Если можешь, набросай мне пару слов в ответ. Я поцелую строки, которые напишет твоя ручка, и мне станет легче. Ах, родная, родная! Чем все это кончится? Но не будем падать духом: Бог милостив. Целую тебя тысячу тысяч раз. Твой до гроба Евгений".

Таково было письмо Назарьева.

В ответ Ольга набросала нетвердой рукой на клочке бумаги:

"Бесценный мой, дорогой Женюша! Я страшно, страшно мучаюсь. Право, не могу найти себе места от тоски. У нас творится что-то дивное. Мачеха меня ни на шаг не отпускает, когда ты приходишь, а иногда под каким-нибудь предлогом велит и вовсе не выходить к тебе. Каждый день бывает Дудышкин. К нему, наоборот, мачеха меня сама посылает, хотя я его терпеть не могу. Он мне приносит цветы и конфеты и как-то особенно посматривает. Часто он подолгу беседует с мачехой. Отец с ним тоже чересчур любезен. Я боюсь (ах, как подумаю, так в дрожь кидает!), не хочет ли князь сватать меня? Вот ужас! Папа и маман согласятся... Боже мой! Боже мой! Но верь, милый, что я никогда, не соглашусь, никогда! Пусть меня бьют, пусть режут, огнем жгут, а женой Дудышкина я не стану. Правду сказать, я со дня на день жду его сватовства и приготовилась к отпору. Ты не поверишь, как мне больно при мысли, что ты мучаешься. Больнее, чем за себя... Бедный мой, бедный, золотой мой, ненаглядный! Неужели уж Бог совсем отступился от нас? Ты пишешь, что надо на Него надеяться. Да! Будем надеяться. Верь также, Женечка, что твоя Ольга тебя любит всем сердцем, всею душою и будет любить до самой смерти. Прощай, мой желанный. Так бы и полетела к тебе на крыльях, обняла бы, да так и не выпустила бы вовек. Не изведись, жалей себя. Целую, целую... Твоя Ольга".

Когда Ольга Андреевна вернулась к ожидавшему ее Кисельникову, вид у нее был взволнованный; глаза были заплаканы, но блестели, и выражение лица стало более светлым. Стараясь избегать взгляда молодого человека, она, смущаясь и краснея, пролепетала:

— Вы наш друг, не правда ли? Вы ведь хороший... Я знаю... Я так благодарна вам!..

Кисельникову стало жаль девушку.

— Ольга Андреевна! — сказал он задушевным голосом.— Да, я ваш друг, искреннейший друг. Если я могу чем-нибудь услужить, я всегда готов. Я знаю все, и, поверьте, мне от души жаль и вас, и Евгения. Быть может, еще все и устроится. Не падайте духом!

— Благодарю... Мне так тяжело!.. Мне так нужны дружба, теплое слово. Ведь я одна, совсем одна. Даже Николай не знает,— прошептала Ольга со слезами на глазах.

В смежной комнате послышались шаги Надежды Кирилловны.

— Возьмите... Отдайте,— торопливо сказала молодая девушка, подавая письмо.

Оно быстро исчезло в кармане Кисельникова, и старшая Свияжская застала молодых людей оживленно беседующими.

XV

Роковой день, которого с таким трепетом ожидала Ольга Андреевна, не замедлил настать. Ее мачеха вела переговоры с Дудышкиным очень тонко, но достаточно прозрачно для него, и князь с каждым днем все больше и больше убеждался, что если он посватается за юную Свияжскую, то ему не откажут. И вот однажды он решился поставить вопрос ребром.

— Вы так дружески расположены ко мне, любезнейшая Надежда Кирилловна,— сказал он при подходящем случае,— что мне хочется попросить у вас чисто дружеского совета и, так сказать, открыть, что таится здесь от посторонних взоров.— Князь театрально хлопнул себя по груди.

Свияжская, едва сдержав улыбку — настолько смешон был князь в своей напыщенности,— приветливо ответила:

— Если мой совет может принести вам пользу, то, конечно, я готова...

— Очень благодарен и рад. Ваш совет принесет громадную пользу... Я задумал сделать важный шаг в жизни. Надежда Кирилловна! Любезнейшая! Я отверзаю перед вами сокровеннейшую тайну своей души: я страстно, страстно люблю Ольгу Андреевну, и моя мечта назвать ее княгиней Дудышкиной. Я терзаюсь, мучаюсь... Право, я даже похудел в последнее время, до того извожусь... Вы улыбаетесь? Не верите в мои страдания?

— Нет, отчего же? Я вполне верю,— поспешно успокоила его Свияжская.— Но не могу понять, при чем тут я?

— Видите ли... Я давно попросил бы руки Ольги Андреевны и, может быть, уже был бы счастливейшим из смертных, но не сделал этого, так как боюсь получить отказ. Это было бы ужасно! Так вот я и хотел спросить вас, так, дружеским образом, могу ли я отважиться на это сватовство?

— Да! Я думаю, можете,— серьезно смотря на князя, медленно ответила Надежда Кирилловна.

— Да? — воскликнул князь, с сияющим видом вскочив со стула.— Стало быть, я могу надеяться? Стало быть, могу признаться Ольге Андреевне?

— Будьте хладнокровнее, князь, и сядьте! Видите ли, что: я ведь, собственно, в этом деле — сторона, я мачеха, а не родная мать, и решение судьбы Ольги не зависит от меня. Признаваться Ольге я бы вам не посоветовала...

— Но как же?

— Дело в том, что, в сущности, если бы даже она и охотно приняла ваше предложение, все зависит от согласия на этот брак Андрея Григорьевича. Право, вопрос в том, нравитесь ли вы Ольге или нет, значит здесь менее всего: будет так, как решит ее отец. Я вам и советую поговорить с ним, а я, со своей стороны, обещаю вам поддержку, так как лично сочувствую этому браку.

Дудышкин совсем расцвел. Он, как и все, знал, какое влияние имеет Свияжская на мужа, и теперь считал успех сватовства почти обеспеченным.

— Ах, как я счастлив, как счастлив! Благодарю вас, благодарю! — бормотал он, кидаясь целовать руки Надежды Кирилловны.

— Да вы погодите радоваться, сперва поговорите с Андреем Григорьевичем.

— На днях, на днях поговорю... Как я рад! Моя жизнь как бы озарится новым светом, я стану счастливейшим из смертных! — И князь стал продолжать в том же напыщенном роде.

Надежда Кирилловна рассеянно слушала его, по-видимому, весьма усердно углубившись в размышления.

Через несколько дней после этого разговора князь Дудышкин явился к Свияжским в полной парадной форме, прилизанный, нарумяненный, напомаженный и просил доложить о себе Андрею Григорьевичу. Он был тотчас же принят. Несколько времени спустя в кабинет мужа прошла и Надежда Кирилловна.

Ольга Андреевна заметила торжественный вид князя, видела, как он прошел в кабинет отца, и ее сердце захолонуло.

"Неужели уже?.. Так скоро... Боже! Если так, пошли силы!" — подумала она бледнея, а затем прошла в свою комнату, упала на колени и стала горячо молиться.

После молитвы она почувствовала себя окрепшею духом и стала ждать, не позовут ли. Прошел час. Однако ее не звали. Она стала уже успокаиваться, думая, что ошиблась в своем предположении, когда вошла камеристка и доложила:

— Батюшка вас изволят просить к себе.

Ольга пошла к отцовскому кабинету трепещущая, бледная, но полная решимости.

Когда она пришла к отцу, князя уже не было. Он ушел за несколько минут перед этим чрезвычайно довольный, сияющий: его предложение было принято; с Ольгой должен был переговорить сам Андрей Григорьевич.

Отец встретил ее ласковой улыбкой.

— Садись-ка, дочурка; надо нам с тобою потолковать,— сказал он, указывая на кресло.

Надежда Кирилловна с веселым и многозначительным видом кивала ей головой. В ее глазах сверкали искорки. Ольга села в напряженном ожидании.

— Вот что, милочка,— заговорил отец.— Ты знаешь, что счастье твое и Николая мне дороже своего, и я неустанно забочусь о том, чтобы сделать вас счастливыми. С Николаем еще много дела, надо на дорогу его вывести. А пока черед за тобою. Ты уже девушка в возрасте, пока тебя и пристраивать. Женихов много, слов нет, да все щелкоперы, ветрогоны, либо гольтепа, вроде вот этой армейщины Назарьева. Кстати,— вдруг обратился Свияжский к жене,— чего он к нам так повадился? Совсем лишнее знакомство.

При этом нелестном отзыве о Назарьеве Ольга покраснела до корней волос. На выручку ей явилась мачеха.

— Что же? Отчего ему не бывать у нас? — ответила она суховато.— Он человек из общества, хоть и армеец. Само собой, он был бы очень незавидным женихом, так как беден, не родовит, но это очень милый молодой человек.

Слова мачехи болезненно отдавались в сердце падчерицы, в то же время и старик не ожидал такой отповеди от жены и опешил.

— Да, оно конечно... Я же ничего... Пусть ходит, я только вообще,— пробормотал он, а потом принял прежний торжественный тон: — Так я говорю, женихов много, но все же выбор невелик. Брак, это — перелом жизни, здесь очертя голову нельзя поступать.

— Я вовсе не хочу замуж,— чуть проронила дочь.

— Все девушки так говорят! Знаем мы вашу сестру! Полно, полно! — хихикнул Андрей Григорьевич и продолжал: — Памятуя свои отеческие обязанности и всегда зная, что придется перед Всевышним давать ответ, сотворил ли благое для своих детей, я неустанно стремлюсь найти человека, который мог бы создать истинно счастливое замужество моей дочери. И такого человека я нашел. А так как этот препорядочный и благородный господин посватался за тебя, Ольга, то я дал ему свое согласие и готов благословить ваш союз родительским, навеки нерушимым благословением.

Свияжский помолчал. Ольга сидела безмолвная, бледная как полотно. Надежда Кирилловна улыбалась.

Видя это, Андрей Григорьевич счел долгом пояснить свои слова:

— У меня просил твоей руки князь Семен Семенович Дудышкин, и я принял предложение.

Молодая девушка поднялась с кресла. Ее глаза были сухи и лихорадочно блестели.

— Я не люблю князя,— сказала она каким-то не свойственным ей, металлическим голосом.

— А разве я тебя об этом спрашивал? — насмешливо улыбаясь, спросил отец.

— Я не люблю князя, а потому... замуж за него ни за что не пойду! Ни за что! — вырвалось у Ольги истерическим воплем.

— Вот как? — прошептал старик, и его тонкие губы побелели.— Вот как? — повторил он.— Ну, это мы увидим, как-то ты не пойдешь.

— Батюшка! — вдруг кинулась Ольга перед отцом на колени.— Не делайте меня несчастной, не невольте. Я не люблю князя. Он мне противен, гадок...

Но сердце Андрея Григорьевича было далеко не из чувствительных.

— Встань, глупая,— проговорил он, холодно глядя на дочь.— Тебе бы радоваться надо. Прекрасная партия. Всякая другая на твоем месте...

— Ну и пусть всякая другая,— прервала молодая девушка, вставая.— А я не пойду! Хоть режьте!..

Ее голос звучал твердо, суровая складочка прорезалась между бровей.

— Олечка! Ведь папа заботится только о твоем счастье,— с притворной нежностью сказала мачеха.

— Не надо мне такого счастья. Замуж за Дудышкина? О! Да никогда, никогда!

— Против моей отцовской воли не посмеешь идти,— сурово проговорил старик.— Не послушаешься добром, так можно ведь и покруче с тобой.

— Делайте что хотите. Я брошусь в ноги государыне, буду молить о заступничестве. Я князю прямо в лицо скажу, что ненавижу его.

— Ладно, ладно,— остановил ее отец.— Можешь говорить что хочешь, а все-таки этой свадьбе быть. Ну, прочь с глаз, непокорная дочь! — крикнул он, вскочив и топнув ногой.— Да глупости свои брось, а не то! — И он погрозил ей кулаком.— А не то я на тебя власть найду. Убирайся!

Ольга, шатаясь, вышла, прошла в свою комнату, упала на постель лицом в подушку и беззвучно зарыдала. Впервые жизнь показалась ей чем-то невыносимо тягостным, ужасным по своей беспощадности, и она чувствовала себя бессильной, беззащитной перед грозою, разразившеюся над ней.

Чуть слышно до нее донеслись звуки голосов из гостиной. Ольга прислушалась и узнала голос Кисельникова. Она пересилила себя, вымыла лицо, чтобы скрыть следы слез, и вышла в гостиную, предварительно набросав следующую записку:

"Родной мой! Князь просил руки. Отец меня принуждает. Я сказала, что ни за что не выйду за князя. Молись, чтобы Господь дал силы вынести испытание. Помни одно, сердце, свет мой: женой Дудышкина я не буду. Любимый мой! Целую несчетно. Твоя Ольга".

Александр Васильевич, взглянув на молодую девушку, понял, что случилось что-то неприятное, но не подал виду, так как в гостиной сидела Надежда Кирилловна. Его немало удивило то обстоятельство, что мачеха, в противоположность падчерице, была чрезвычайно весела.

Ольга Андреевна спокойно поздоровалась с Кисельниковым, постаралась принять участие в разговоре и даже настолько овладела собой, что предложила гостю сыграть в меледу {Длительная однообразная игра, состоявшая из бесконечного перестегивания надетых на проволочную дужку колец.}, а когда он согласился, она якобы с интересом снимала и надевала колечки на дужку: только легкое дрожание пальцев выдавало ее волнение.

Надежда Кирилловна посидела еще некоторое время, а потом, вероятно, соскучившись, удалилась, предоставив падчерице занимать гостя.

Этого только и ждали Кисельников и Ольга. Меледа была тотчас же забыта.

— Что с вами, Ольга Андреевна, вы чем-то расстроены? — тихо спросил Александр Васильевич.

— У меня ужасное горе,— дрогнувшим голосом ответила она.— Меня... меня... Ах! Вы не можете себе представить!.. Хотят выдать замуж за Дудышкина.

— За этого негодяя?! Но ведь у вас есть своя воля.

— Да. И я наотрез сказала отцу, что не пойду за князя. Но отец настаивает и мачеха тоже. Вы знаете, за кого я пошла бы охотно; так скажите ему, что я лучше умру, чем уступлю. Пусть он не Сомневается во мне и не боится. Передайте, мой милый друг, хороший Александр Васильевич, ему это письмо. Теперь, я думаю, мачеха будет еще зорче прежнего следить за мной. Но, что бы ни было, скажите ему, что я и сердцем и душою всегда с ним, что нас никто и ничто не может разлучить.

— Хорошо. Все скажу. Будьте спокойны!

Кто-то шел. Меледа опять была пущена в ход.

Вечером пришел князь Дудышкин, расфранченный еще более, чем утром. Он принес огромный букет белых роз. При его появлении Ольга Андреевна хотела удалиться, но не успела. Он фертом подлетел к ней.

— Божественная! Ваш папаша наверно уже передал вам... Позвольте вручить эти розы; они прекрасны, но вы...— залопотал он и вдруг осекся.

Девушка посмотрела на него презрительным, сверкающим взглядом и с сердцем швырнула букет на пол.

— Вы мне противны, ненавистны. Отстаньте от меня ради Бога! — гневно крикнула она, и, прежде чем князь успел опомниться, ее уже не было в комнате.

— Что же это такое? - растерянно забормотал Семен Семенович.— Что же это? Я, право... Я не знаю... Значит, мадемуазель Ольга...

Надежда Кирилловна, бывшая свидетельницей этой сцены, не на шутку встревожилась тем, что из-за выходки падчерицы может рухнуть все дело.

— Успокойтесь, князь,— сказала она.— Это — простой девичий каприз, вспышка. Это со многими бывает перед замужеством. Да девушек нельзя и обвинять: такой важный шаг...

— Да, да, но... Я все же должен поговорить с Андреем Григорьевичем. Как же так, помилуйте. Это что-то, знаете, непонятное...

Князь путался и сам не знал, что говорить.

Свияжский к поступку дочери отнесся еще более хладнокровно, чем жена, но в действительности лишь внешне был спокоен, а в душе злился на Ольгу.

— Глупые девчонкины шалости,— сказал он князю.— Ненавидит! Помилуйте! Да понимает ли еще она, что значит ненавидеть? Да и, наконец, вы ее любите?

— Всем сердцем, готов душу...

— Ну да, да; так чего же вам тревожиться, любит она вас или нет?

Князь от такого силлогизма просто обалдел.

— То есть как же? — пробормотал он.

— Вы ее любите, я выдаю ее за вас, вы будете ее мужем... Одним словом, ваше желание будет удовлетворено. Вы будете счастливы: предмет вашей любви будет принадлежать вам. Чего же больше? Да и вообще успокойтесь: мы обломаем

Ольгу... Хе-хе-хе!.. Именно обломаем! — И старик рассмеялся своим скверненьким смешком.

Князь внял его доводам и повеселел. Он решил:

"В самом деле, черт с нею! Пусть не любит. Станет женой — в бараний рог скручу. Главное — жениться да словить денежку.

Ну и с нею позабавлюсь.

А хороша она, бесенок этакий!"

XVI

В середине ноября семью Прохоровых постигло большое несчастье: хозяин Маркиан, где-то простудившись, схватил жестокую горячку; несколько недель он находился между жизнью и смертью, но наконец крепкая природа старика взяла свое, и он стал медленно поправляться.

Однако его болезнь имела тот печальный результат, что дела позументного мастера сильно пошатнулись: он потерял несколько заказчиков, многие заказы не поспели к сроку.

Приближалось Рождество Христово — время уплаты оброка, а он далеко еще не был собран, и Маркиан Прохоров прикапливал его по крохам. Между тем управляющий князя Дудышкина, крепостным которого состоял мастер, уже несколько раз наведывался и поторапливал, говоря, что барин собирается жениться и теперь подсчитывает свои доходы и расходы.

— И лют же он при подсчете, я тебе скажу, страсть! — жаловался управляющий, тоже из княжеских крепостных.— За каждый грош лается, а то и в ухо съездит. Ты, Прохорыч, постарайся уж.

Действительно, князь Семен Семенович, задумав жениться, ревностно принялся приводить в порядок свои дела; последние для стороннего глаза казались блестящими, но, в сущности, были далеко не в завидном положении. Дудышкин имел и состояние, и большие поместья, но первое было сильно расстроено вследствие страсти князя к женщинам и к породистым коням, а вторые, отданные в управление хищным приказчикам, притом при крайне бестолковом и примитивном хозяйстве, не давали и десятой доли того дохода, какой могли бы приносить. Князь жил широко, не отказывал себе ни в чем: один гарем, помещавшийся в задней половине его роскошного дома на Невском, уносил доходы трех деревень. Тем не менее щедрый для себя Семен Семенович был феноменально скуп. Поэтому при сведении счетов его управляющему, Никите Петрову, приходилось далеко не сладко.

Однажды, проверяя списки оброчных, князь увидел, что, во-первых, многие не уплатили еще оброка, хотя срок уже миновал (в числе их был и Маркиан Прохоров), и, во-вторых, что оброк во многих случаях взимается слишком малый.

— А вот я соберусь как-нибудь да сам объеду оброчных, которые в Питере,— сказал он Никите.— Полно им жиреть на мои денежки.

Управляющий подумал, что барин это так сбрехнул. Однако оказалось не то: князь, выбрав погожий день, действительно собрался.

Прежде всего он решил посетить неаккуратных плательщиков, и Прохорову выпала на долю честь его посещения одному из первых.

Велики были изумление и испуг старого позументного мастера, когда на пороге его жалкой лавчонки предстал сам барин во всей красе своей долговязой фигуры, сопровождаемый управляющим Никитой Петровым и лакеями. В мастерской и в доме произошел полнейший переполох.

Увидев низко кланяющегося, обомлевшего Маркиана, князь спросил его:

— Кажется, ты и есть этот самый Прохоров?

— Так точно, ваше сиятельство. Вашего сиятельства человек. Прохоров Маркиашка,— пробормотал мастер, готовый провалиться сквозь землю.

— Дай-ка взгляну, как ты живешь,— сказал Семен Семенович, без церемоний направляясь в жилые комнаты.— А ничего себе,— продолжал он, остановившись среди убогой гостиной.— В деревне-то, наверно, похуже было бы.

Маркиан стремительно подал ему стул. Князь продолжал:

— А и неблагодарный же вы народ! Ведь мог бы я тебя в деревне сгноить, а теперь ты живешь себе купцом, и все же благодарности в тебе нет.

— Помилуйте, ваше сиятельство, мы завсегда,— кланялся Маркиан.

— То-то "завсегда"! Старания, чтобы барину заслужить, никакого нет. Почему оброка до сих пор не заплатил?

— Первый год случилось так, ваше сиятельство. Вот как

перед Истинным, всегда со всяческим усердием. А на сей раз болезнь приключилась, так из-за нее из-за самой.

— Знаем. У вас все — либо болезнь, либо то, либо другое. Рады зажилить барскую копейку. Никита! Оброка сколько на него положено?

— Десять рублей.

— Десять? По этакому-то житью? Фью-фью! Нет, Маркиашка, ты этак скоро больно разбогатеешь. Никитка, напиши на него оброка пятнадцать рублей.

— Слушаю.

— Помилуйте, ваше сиятельство, да откуда мне их взять? — взмолился Прохоров.— И то скребу по грошикам.

— Ничего, наскребешь; порастряси мошну-то. Да помни,— добавил князь встав,— прямо тебе скажу: ежели через неделю не заплатишь, придется тебе в части розочек отведать. А ежели и потом плохо платить станешь, то с оброка сниму и в деревню отправлю. Так запомни: сроку тебе даю довольно — ровно неделю,— грозно закончил князь и направился было к двери.

В это время из дверей смежной каморки выставилась прелестная головка Маши, желавшей одним глазком посмотреть на своего барина, которого она до сих пор не видала.

Семен Семенович заметил ее.

— Это кто такая? — быстро спросил он.

— Дочка моя, ваше сиятельство, дочка. Машкой звать,

— Дочка? Так...— Дудышкин шагнул в комнату и сказал: — Поди-ка сюда, девица, дай на тебя взглянуть.

Маша робко подошла.

— Кланяйся, кланяйся барину, дура! — зашипела выплывшая за нею Анна Ермиловна, но на девушку словно столбняк нашел.

— Те-те-те! Да какая же ты милашечка! — промолвил князь, взяв Машу за подбородок.— Этакая цаца! — Его глаза плотоядно замаслились, и в мозгу мелькнуло сравнение с невестой: обе хороши, и каждая в своем роде, одна другой не помешает.— Никита! — продолжал он, обращаясь к управляющему.— Да что же ты, дурак, не сказал мне, что у Прохорова такая дочь красотка? Молодец, Маркиашка! Этакую паву вырастил! За то не стану набавлять оброк: плати прежний, Бог с тобой. И ты, старуха, не промах. И как это вы сумели такую уродить?

Маркиан кланялся и натянуто улыбался. В это время из-за двери выглянул Илья. Он был мрачен, и глаза его горели.

90

— Нет, бутончик, тебе совершенно не место здесь,— продолжал Дудышкин, обращаясь к Маше.— Что здесь? Пыль, грязь, духота. Тебе надо в пресветлых палатах жить, вот где, И разве тебе такую одежду носить пристало? — Он дотронулся до рукава ее холстинного сарафана.— Надобны шелки да бархаты. Экая пупочка! Нет, тебя надо устроить, надо устроить.

Маше было неприятно прикосновение к лицу его потных пальцев, отталкивало выражение его масляных глаз.

"Чего ему от меня? — думала она с неудовольствием.— Ну и барин! Какой он некрасивый!.. Прямо даже, можно сказать, противный".

В этот момент князь взглянул на Илью Сидорова и спросил:

— Это кто? Не сын ли? Так не в сестру вышел.

— Работник, подмастерье,— пояснил Прохоров.

— Я человек вольный, и до господ мне дела нет. Сам я себе господин,— проворчал Сидоров и скрылся за дверью.

— Однако он у тебя грубиян! Зазнаваться нынче стали подлые люди. Хорошая у тебя дочка, Маркиан! Устроим, устроим. Как можно ей тут зря пропадать? Прощай, красоточка! Припасай десять рублей оброку, старик... Дочку-то звать Машенькой?

— Машкой, ваше сиятельство.

— Цветочек она у тебя. Храни ее от парней; знаешь, народ озорной, вот вроде того грубияна. Ну я пошел.— И князь со своей свитой удалился, провожаемый низкими поклонами Прохорова и его жены и презрительным взглядом Маши.

После себя Дудышкин оставил впечатление какого-то сумбура и чего-то очень неприятного, тяжелого.

— Слава Богу, что хоть прежний оброк оставил. Экий Ирод, прости Господи! — сказал Маркиан после его ухода, а затем посмотрел на Машу, тяжело вздохнул, и по его лицу пробежала тень.

Остаток дня мастер ходил сумрачный; Анна Ермиловна тоже часто хмурилась и словно жалостливо поглядывала на дочь, а Илья, ворча, честил князя как только мог.

— Не пришла бы к нам еще беда, сдается мне,— ложась вечером спать, сказал жене Маркиан.

— Ой, чуется что-то и мне, Маркиашка, чуется,— ответила она.— Так глазищи на нее и выпялил, окаянный.

— Отведи Бог напасть! — воскликнул Прохоров и улегся, но, против обыкновения, не захрапел, а долго еще вздыхал и ворочался на постели.

Несколько следующих дней не принесли ничего нового,

если не считать посещения Прохорова знакомым мещанином, горько жаловавшимся на судьбу.

— Один у меня сын, вся на него надежда,— сетовал он.— А теперь объявлен рекрутский набор и ему хотят лоб забрить. Ищу который день охотника за него, не могу найти. Что ты хочешь! А время не ждет. Четыреста рублей дал бы кровных, если бы охотник нашелся. Поил бы, кормил бы, на прогул, сколько хочешь... Нет ли у тебя подходящего паренька?

— Где же? Кому воля не дорога? — ответил Маркиан, дуя в блюдце с чаем, а потом шутливо крикнул подмастерьям: — Ребята! Вот добрый человек ищет охотника в солдаты продаться... Четыреста рублей сулит. Кто хочет?

Те усмехнулись.

— И тысячи мало за свободушку.

— Солдатская-то лямка, ой-ой, тугонька. Не скоро тебе доведется найти охотника,— вставил свое слово Илья.

Побывал также у Прохоровых и Кисельников. Узнав о посещении Дудышкина, о чем не замедлили поведать ему все наперебой, он удивился.

— Так вы дудышкинские? Я не знал. Знаком с князем. Ну неважный же вам выпал барин: скверный человек.

Маша смотрела на него и думала:

"Ведь вот тоже барин... Небось, и у него свои крепостные есть, а совсем не то, что наш. Сидит попросту с нами, с подлыми людишками, беседует. И ведь тоже гвардии офицер. Вот если бы он меня так, как тот, за подбородок взял, я бы и не поморщилась. Какое! Сладко бы так было!" — И ее грудь вздымалась нервно, глаза поблескивали.

Но Андрей Григорьевич был сыном своего времени: даже и красавица, и умница, и грамотейка, но крестьянка, была в его глазах все же существом, стоящим неизмеримо ниже его, столбового дворянина Он мог говорить с Прохоровыми, быть простым с ними и вежливым, мог иногда залюбоваться красивым личиком Маши и подумать: "Какая она пригожая!" — но не только полюбить, а даже только слегка влюбиться в нее не мог именно из-за своего взгляда на нее, как на нечто низшее, как на предмет или среднее между животным и настоящим человеком, то есть дворянином.

Ровно через неделю, согласно барскому приказу, приехал управляющий.

— Наскреб оброчек я, Никита Иванович,— радостно ветретил его Прохоров.— Вот они, денежки: десять рубликов чистоганчиком. На-ка, получай! А ты, мать, тащи пирог гостя дорогого угощать.

Никита Иванович и деньги спрятал за пазуху, и пирога изрядно отведал, и водочки хлебнул знатно, а все медлил с уходом. Говорил он вяло и все вздыхал да вытирал старым барским фуляром потный лоб. Маркиан начал вопросительно переглядываться с женой.

— Вот что, Маркиан Прохорович,— вдруг заговорил гость,— Оброк я с тебя получил как следует, и барину его предоставлю честь-честью... Все, значит, так... А есть у меня еще одно барское поручение.

— Ну, ну? — заторопил мастер, начиная волноваться.— Что такое?

— Да, видишь ли, тут о Машеньке дело идет. Скажу прямо: приказывает тебе барин прислать ее к нему в дом для... услуг.

Маркиан вскипел. Он вскочил и, весь побагровев, отшвырнул от себя стул.

— Знаем, для каких услуг, знаем! — закричал он.— И чтобы я свою единственную дочь?! Да никогда в жизни!

— Боже Ты мой, Господи! — зарыдала Анна Ермиловна.

Маша тоже заволновалась и воскликнула:

— К барину в дом, к этому ироду? Лучше в прорубь.

Илья прислушивался, сидя в кругу рабочих, и бледнел. Никита посмотрел на Прохоровых и продолжил своим обычным медлительным тоном:

— Я уж ему — ей-Богу, не лгу — и то и се. "Одна,— говорю,— она у них работница, лучше оставить бы ее". Куда! Ногами затопал, зубами заскрежетал. "Молчать,— крикнул,— рабская душа! Знаю, что делаю. Она,— говорит,— моя крепостная девка, хочу я ее для услуг в дом взять, и никто этому воспрепятствовать не может, даже сама царица, потому на это закон есть. Она — раба, я — господин ее". Мне только и осталось одно: "Слушаюсь, ваше сиятельство!". Наказывал он также тебе, чтобы ты прислал дочь не позже как через два дня, а потом говорит: "А если он заартачится, так скажи, что я его выпорю, а дочку его велю квартальному привести и ее тоже экзекуции подвергну: потому, знай своего господина". Так вот какие дела, Маркиан Прохорович.

Старик, разгорячившийся было, тяжело опустился на стул.

— Что же нам делать-то? — прошептал он.

— Батя! Матушка! Спасите меня, не отдавайте этому злодею! — плача воскликнула Маша, обнимая то отца, то мать.

— Многого тут не сделаешь,— промолвил Никита Иванович, повеселевший после того, как сбросил бремя тягостного поручения.— А, верней, просто даже и ничего. Пожалуй, лучше добром. Пусть Маша пойдет; авось ангел-хранитель ее защитит.

— Как можно, как можно! — опять заволновался старик.

— Так ведь хуже будет, если ее потащат будочники, а тебя в части драть станут. Слов нет, есть еще одно средство: выкупить ее на волю. Но, кто знает, отпустил ли бы ее князь, если бы и деньги у тебя были. А ведь их нет?

— Какие у меня деньги! — печально ответил несчастный отец.

— Да!.. Ну, спасибо за угощенье, и я пошел. Так думайте: через два дня.

— Погоди, Никита Иванович, и я с тобою. Князь дома? Да? Пойду к нему, буду слезно молить, чтобы дочери не отнимал! — воскликнул Маркиан.— Анна! Давай новый кафтан.

Управляющий с сомнением покачал головой.

— Ничего из этого не выйдет,— проговорил он.

— Да что, барин-то — зверь, что ли?

— А и вроде того.

— Нет, я все же пойду.

— Как хочешь, твое дело. Конечно, попытка не пытка.

Когда они уже выходили, Илья крикнул вдогонку:

— Хозяин! А ты все-таки спроси, на выкуп ее князь согласится ли и сколько хочет?

— Стоит ли?

— Спроси на случай, право, спроси.

Они ушли. Илья деятельно работал. На лице у него была глубокая дума.

XVII

Никита Иванович и Маркиан Прохоров застали князя дома, но он не в духе был. Он только что вернулся от Свияжских, где с ним случилась неприятность: Ольга Андреевна вовсе не вышла к нему, сказавшись больной, а переданные ей через камеристку конфеты вернула не разворачивая.

"Ну и нрав у нее! Дастся мне чертушка, нечего сказать. Ну да мы ее скрутим!" — думал князь, поглаживая лысину.

Он был без парика, одет в какую-то будничную хламиду и казался еще отвратительнее, чем всегда.

Прохорова он встретил вопросом:

— Что, привез дочку?

Старик, очутившись перед князем, оробел.

— По этой самой причине к вашему сиятельству,— пробормотал он и вдруг, кинувшись в ноги Дудышкину, начал причитать: — Ваше сиятельство! Отец родной! Голубчик барин! Не отнимайте ее от меня! Одна ведь доченька, единственная. Грамотейка, матери помощница. Ваше сиятельство! Осчастливьте раба! Оброчек я вам доставил полностью, десять рублей, как следует, и очень мы вашему сиятельству благодарны. А только дочку-то... Не отнимайте ее, ваше сиятельство!

— Встань, дурак! — крикнул на него барин, а потом спросил у Никиты, стоявшего у дверей: — Зачем ты привел этого болвана?

Никита тотчас же вошел в хамскую роль:

— Я ему говорил: "Не ходи, барин рассердится и больше ничего, а посылай лучше дочку, ничего ей не сделается. А если бы даже и что, так ведь не кто-нибудь, а барин. Хе-хе!". Однако он пошел.

— Вставай, вставай! — подтолкнул князь ногой все еще лежавшего Прохорова.

Тот поднялся, дрожащий от волнения, растрепанный, с заплаканным старческим лицом.

— Взглянул бы ты на себя, на что похож, скотина. И так к барину приходить? А и развращаетесь же вы, хамы, на вольной жизни. Ну, говори, что тебе надо?

— Дочку... Не отымайте дочки,— пролепетал несчастный.

— А кто ее от тебя отнимает? Отнимать не думаю. Для услуг к себе — да, возьму.

— Вот это...

— Да ты ее солить, что ли, хочешь? Она у меня будет как у Христа за пазухой. Ну, проваливай, да помни, если через два дня она у меня еще не будет, то приводом доставят.

— Ваше сиятельство! Одна она у меня!

— Я бы желал, чтобы было две, но в том, что она лишь одна, виноваты только ты да твоя... Хавронья, что ли, как твою жену-то звать? Так через два дня чтобы Машенька была здесь.

Старик переминался.

— Ваше сиятельство, а если бы ее выкупить.

— Что-о? Выкупить? Ты хочешь выкупить ее?

— Так, вообще. Денег у меня нет, но если... Ах, ваше

сиятельство!.. Растил я ее, холил. Бедненькая! Так если бы выкупить?..

— Эх, ты, выкупальщик! Локти-то у кафтана в заплатках. А небось новым зовется? Или, может, ты сквалыжничаешь? Ваш брат тоже ведь... Клади на стол триста рублей — даю Машеньке отпускную.

— Триста рублей? — ахнул Прохоров.

— Да, да. Ну, ступай, надоел. Никита! Выпроводи его! — и князь прошел в другую комнату, а услужливый Никита зашептал Маркиану:

— Иди добром, в самом деле, иди!

Поплелся домой убитый горем старик. Печальные, страшные мысли теснились в голове.

"Убить ее? Лучше, чем в барские полюбовницы. В полюбовницы ее, Машеньку мою?" — И смертельный холод ужаса сжимал сердце, и слезы подступали к глазам.

По пути попался кабак; группа хмельных мужиков толпилась около него; кто-то отплясывал трепака, кто-то пел. Прохоров вообще пил мало, но теперь его потянуло хлебнуть, забыться в угаре. Он нащупал в кармане несколько медяков и вошел в кабак. Там он выпил один за другим два больших шкалика отвратительной водки с сивушным маслом, с примесью дурмана, и быстро опьянел.

Вернулся он домой, едва держась на ногах.

— Дождались чести, дождались! — кричал он, плача и улыбаясь бессмысленной улыбкой.— Шабаш! Пожалуй, дочка, в барские полюбовницы! Ма-а-шенька моя, ми-и-лая! Тешь, тешь его сиятельство, барина, княженьку! Тешь! Растил, холил. "А за выкуп,— говорит,— триста рублей". Н-да! Если бы теперь в петлю — самое разлюбезное дело. А только грех: станешь черту баран. Дожили до праздничка на ста-а-рости-то лет! А-ах, ста-а-руха мо-я!

Слушая причитания пьяного Маркиана Прохоровича, Маша сидела понурая, словно потемневшая, а Анна Ермиловна всхлипывала. Вдруг Илья отрывисто спросил хозяина:

— Говорит, триста?

— Что триста? За выкуп? "Положи,— говорит,— триста. Сквалыжничаете,— говорит.— Заплатанные локти". Триста, брат, это штука!

Маркиан Прохорович вскоре уснул, а Илья Жгут вдруг отбросил работу и сказал:

— Я пойду.

Хозяйка было на него накинулась:

— Да что ты, некрещеная твоя душа, уходишь? Хозяин спит, кто же без тебя станет за работой смотреть?

— Поважней этой работа есть,— ответил Сидоров, хмурый и бледный, и ушел, ни с кем не попрощавшись и низко нахлобучив шапку.

В этот день он больше не вернулся, пришел только на следующий, близко к полудню. Он был немножко навеселе и взволнован. Явился он в сопровождении мещанина, который на днях был в гостях у Прохорова.

Хозяин, у которого со вчерашнего трещала голова, да и дела не веселили, встретил гостя-мещанина сухо, а на Илью напустился:

— Ты, такой-сякой! Если без хозяйского глаза, так и наутек? Я к нему со всяким доверием, а он...

— Погоди! — остановил его Илья.— Я иные дела обделывал. Сколько твой барин выкупного хочет за Машеньку?

— Триста рублей, говорил ведь.

— Ермолай Тимофеевич! Клади ему денежки на стол,— обратился Жгут к сопровождавшему его мещанину.

Тот беспрекословно загнул полу и, достав засаленный, туго набитый кошель, отсчитал деньги.

— Да чтобы серебром, а то может придраться,— скомандовал Илья и потом сказал Маркиану: — Бери эти деньги и иди к барину, выкупи дочку.

Позументный мастер взглянул на своего подмастерья и на мещанина, многозначительно сжал губы, но — таково сердце человеческое! — схватил деньги и бросился надевать кафтан, опасаясь, как бы Илья не передумал. Он подозревал, каким путем Сидоров добыл деньги, но эгоистическое чувство возобладало над всем.

— Я живой рукой! — крикнул он жене, нахлобучивая шапку, и почти выбежал на улицу. Скрипя каблуками по мерзлому снегу, он прижимал к себе заветные сотни, и они точно пускали по его телу теплые токи.— Слава Богу! Слава Богу! — шептал он.

Думал Прохоров о многом, мысли неслись, как стая птиц, но менее всего ему впадала дума о том, кто добыл эти роковые рубли. А на Илью набросились и Анна Ермиловна, и Маша с расспросами о том, каким путем добыл денег, почему Ермолай Тимофеевич так охотно отсчитал три сотни.

— А вам зачем знать? — отделался Илья и пригрозил мещанину: — И ты молчи!

— Слушаю! — ответил тот.— Пока мы в твоей полной воле.

Маша хотя и радовалась своему близкому освобождению, и кидала благодарные взгляды на Илью, но в конце концов ею овладело смутное беспокойство: Сидоров был какой-то странный, принес деньги, точно они ему с неба свалились. Потом этот Ермолай Тимофеевич, который исполняет малейшее желание Сидорова и в то же время зорко следит за ним.

— Ильюша! Скажи, голубчик, по правде, как это ты устроил? Не таись! — вымолвила она просительно.

Что-то дрогнуло в лице подмастерья.

— Просишь? Меня просишь, родная? — заговорил он ласкающим полушепотом и тяжело дыша.— Будь по-твоему, скажу все... Да, все. Терять-то мне теперь уже нечего. Слушайте же, что будет говорить Илюшка Жгут! Люба была мне ты, Мария Маркиановна, во, как люба! Я бы за тебя жизнь был рад отдать. А ты на меня смотреть не хотела, по офицерику вздыхала, примечал я. Бог с тобою, и я тебе не в укор это: сердцу-то ведь не прикажешь. И на офицера не злюсь, он тоже не виноват, что приглянулся. А только мне было тяжело, правду сказать. Вытерпел. А вот одно снести не мог, чтобы твой барин тебя взял в... свой дом. Не выдержала душа. Лучше самому в неволю, да тебе бы на волю. Барин твой захотел за тебя, Мария Маркиановна, триста рублей, ну я их и добыл. Больше добыл: сто рублей тебе на приданое. Вспоминай только меня порой да молись за Илюшку! — Голос его дрогнул.— Э! Довольно толковать,— сказал он, принимая бодрый вид.— Продался я в солдаты. Ермолай Тимофеевич четырех сотен не пожалел.

Маша зарыдала.

— Ильюша! Да что это ты? Да Господь с тобой! Да лучше бы я!..— заговорила она сквозь рыдания.

Сидоров сурово уставился на нее.

— Что лучше-то? В полюбовницы тебе к князю идти? Нет, уж это, а-ах! Лучше пусть мне лоб забреют. Послужу честно царице, а там в чистую выйду. Мне семьи не оставлять, один я, как перст.

Вокруг слышались аханья и восклицания, Анна Ермиловна вытирала слезы. Один Ермолай Тимофеевич сохранял невозмутимое спокойствие; на его душе было даже отрадно от мысли, что все-таки его сын отвертелся.

XVIII

Александр Васильевич собирался куда-то уходить, когда ему доложили, что пришел какой-то не то мастеровой, не то мещанин, вообще из подлого звания и настоятельно просит допустить до их милости. Кисельников велел позвать посетителя и немало удивился, когда перед ним предстал Илья Сидоров, Жгут, сопровождаемый известным читателю Ермолаем Тимофеевичем.

Илья казался донельзя расстроенным, и даже его глаза были красны от недавних слез.

— Беда у нас,— вместо приветствия заговорил он прерывистым от волнения голосом.— Наслал Господь испытание.

— Что такое? — с тревогой спросил Кисельников.

— Сразу и не сказать. Вашей милости ведомо, что Прохоровы-то — князя Дудышкина люди. Был князь намедни насчет оброка, увидел Машу и... И хочет ее к себе в дом взять. А известно ведь, для чего он в дом девушек берет.

— Ах, негодяй! — воскликнул Кисельников, вспыхнув от негодования.

— Да это еще не все. Вчера Маркиан Прохорович пошел к нему, слезно просил, в ногах валялся — стоит на своем князь! Ни слезы, ни просьбы не берут. "Она,— говорит,— в моей власти, а если вольной стать хочет, тащи триста рублей за выкуп". Триста - деньги большие; однако я их достал. Больше даже добыл. Продался в рекруты я вот ему,— кивнул Илья в сторону Ермолая Тимофеевича, ждавшего у двери.

— Ай-ай! — вскрикнул Александр Васильевич.— Всю жизнь себе испортил. Отчего ты раньше ко мне не пришел: быть может, я достал бы.

— Жизнь испортил — это верно, да зато хотел. Машеньку от позора спасти. А все же не удалось!

— Не захотел вольную дать?

— Да. А деньги взял.

— Как же так?

— Очень просто. Положил старик перед ним денежки, князь и говорит управителю Никитке: "Вишь, не мог он уплачивать оброка в срок, а в сундуке было припрятано; возьми эти деньги за будущие оброки да за недоимки на пропусках". Маркиан Прохорович ушам не верит. "Да ведь это же,— говорит,— ваше сиятельство, я выкуп принес за дочь. А вы бы вольную приказали изготовить". Князь на это только усмехнуться изволил. "Вольную? — говорит. — Я тебе покажу вольную! И вот тебе мой сказ: если завтра утром твоя дочка у меня не будет, то ее прикажу приводом с будочниками доставить, а тебе будет знатная порка". С тем его и выпроводил.

— А старик что же?

— Да что же он может? Сидит да плачет! — Илья вдруг упал на колени.— Ваша милость! — заговорил он прерывающимся голосом.— Защитите, спасите Машеньку. Вы — барин, супротив вас князь не очень-то посмеет. Укройте Машеньку. Ведь зря девка пропадет. Ваша милость! Хоть я, Илюшка, рекрут закабаленный, однако сердце у меня есть и не может оно вытерпеть этого.

— Я рад сделать все, что могу. Да встань, Илья! А что ты рекрут, так это пустяки: мы за тебя заплатим деньги нанимальщику.

Ермолай Тимофеевич, до сих пор безмолвствовавший, вдруг встрепенулся и обрел дар слова.

— Нет уж, барин, как ваша милость желает, а только этак не годится,— заговорил он.— Человек в рекруты продался, свое получил, дни свои, знай, отгуливает, чего же еще? Делу конец. Я и деньги обратно не возьму.

Сидоров, бледный и понурый, тихо сказал:

— В самом деле, ваша милость, я своему слову не порушник. Назвался груздем — полезай в кузов. Нет! Продался, так продался, нечего на попятную. Вы ее-то, Машеньку, спасите. Укройте у себя. Найти князю трудно будет здесь-то.

Кисельников был бы не прочь сделать все, что мог, и приютить у себя девушку, но он жил не в своем доме, и ему надо было посоветоваться с хозяином.

— Не знаешь, Петр Семенович дома? — спросил он Михайлыча, все время толкавшегося в комнате, где происходил разговор, и с недоумением посматривающего то на Илью, то на своего питомца.

— Недавно только встали,— ответил старик.— Наверно, дома.

— Подожди здесь немного.— сказал Илье Кисельников и спустился к Лавишеву.

Тот действительно был дома и в изящном утреннем костюме. утопавший в массе тонких кружев, потягивал из маленькой чашки кофе, перелистывая книжку какого-то французского романа.

— А, Александр! Садись, пей кофе... Или, может быть,

рюмку ликера? У меня получен новый, прекраснейший,— встретил он Кисельникова.

— Ой, мне не до кофе. Тут целая история вышла,— сказал Кисельников, садясь, а затем передал рассказ Ильи.

Петр Семенович оказался сыном своего времени.

— Из-за крепостной девки не стоило бы шум поднимать,— проговорил он, поморщившись.

— Она не деревенщина... Ты не думай. Вообще вроде барышни...

— Это все равно. Все же крепостная девка, что ни говори. Товар не ахти какой. Не в ней и дело. А вот что Дудышкина щелконуть надо, так это верно. Дрянь удивительная! У старика оброчного выманил деньги, не сдержал дворянского слова... За это нужно проучить. Пусть твоя хваленая девка укроется в моем доме, тут князь ее не скоро найдет. Воображаю, с какою постною мордой он будет ходить! Право, шутка будет недурна. Вали, брат, вали! Поднесем дулю Дудышкину.

После этого разговора Кисельников условился с Сидоровым, что, когда стемнеет, Маша придет в дом Лавишева, где и поселится до поры до времени, пока не придумают лучшего средства вызволить девушку из лап князя.

Илья, не помня себя от радости, так стремительно кинулся к двери, что Ермолай Тимофеевич опасливо крикнул:

— Постой, постой, куда ты?

— Небось не убегу от тебя, не из таких я,— не оглядываясь кинул ему Сидоров.

Вечером пришла Машенька, взволнованная, бледная. При взгляде на ее красивое, смущенное личико, с испуганно-растерянным выражением, Александру Васильевичу стало глубоко жаль девушку. Он постарался ободрить ее, успокоить:

— Ничего, Мария Маркиановна, авось все перемелется — мука будет. Очень-то убиваться нечего.

Маше отвели отдельную комнату, а обедать и ужинать она должна была с Кисельниковым.

Когда они сидели за чаем, пришел Лавишев взглянуть на "пленницу", как он окрестил Машу, и нашел, что она действительно "ничего, и подлого происхождения в ней мало видно".

Но кто поразил в этот день Кисельникова, так это Михайлыч. Укладывая своего барина спать, старик ворчливо сказал:

— А ты, Александр Васильевич, совсем неладное дело завел, даже прямо зазор. Что люди скажут? И если что, так я и твоему батюшке отпишу. Взял это и привел к себе девку дворовую! Срам! И ее же, негодницу, с собою за чаи да ужины сажает.

Кисельникова более рассмешило, чем рассердило это замечание.

— Ты дурак, Михайлыч,— сказал он довольно спокойно.— Ровно ничего не понимаешь.

— Где уж мне понимать! — обиженно проворчал старик.— Из ума верно я выжил. И то сказать: сорок лет верой-правдой прослужил. За это и в дураки попал. А вот иных таких, непотребных, за стол с собою сажают.

— Будет! Пошел вон!

— Да, уйду, чего уж. Содом сущий.

Кисельников завернулся в одеяло и заснул, а старый Михайлыч еще долго ворочался на своем ложе. Он сразу враждебно настроился против Машеньки. Во-первых, ему казалось действительно зазорным, что Александр Васильевич взял к себе девку в дом, а, во-вторых, его, старого холопа, злило, что крепостную мужичку с собою за стол сажают; из-за этого в душе старика шевельнулся червячок зависти и как будто обиды.

"Нет, это совсем неладно,— думал он, ворочаясь с боку на бок.— Сам слышал, что она просто-напросто дворовая Дудышкина князя, а теперь, стало быть, просто беглая девка. Смазливая, слов нет, да что с того? Приберет она к рукам Сашеньку-то... Да и перед людьми стыд. У него-то, конечно, ветер в голове, так все трын-трава, а мне это допускать не следует. После с меня же Василий Иванович взыщет: "Чего,— скажет,— старый хрыч, смотрел?" Н-да".

Князь Дудышкин остался верен своей угрозе: Маша утром, на другой день после разговора князя с ее отцом, не явилась к барину, а потому должна была подвергнуться насильственному, позорному приводу через полицию, а сам Маркиан, как ослушник господской воли, должен был быть высечен в части.

Управляющий явился в лавочку Прохорова в сопровождении нескольких будочников и на этот раз далеко не был так любезен, как прежде.

— Через тебя только все хлопоты да неприятности, вражий сын! — напустился он на Маркиана Прохоровича.— Ну да тебе зададут перцу. Собирайся живей: тебя в части драть будут, а дочку подай сюда для привода к ее господину, князю Семену Семеновичу Дудышкину.

— Я из воли моего барина не выхожу,— смиренно ответил Маркиан.— И если его сиятельству угодно поучить меня, раба, розгами, то на это его господская воля. Сейчас кафтан накину, да и пойдемте. А дочку привести не могу, потому что ее дома нет.

— Как нет? Где же она? Сейчас же найти! — прикрикнул на него управляющий.

— И рад бы, Никита Иванович, да не могу, потому что она без вести пропала.

Анна Ермиловна запричитала:

— Сгинула доченька единственная, сгинула. Лежит, может, она теперь на дне речном. Об утоплении она говорила перед уходом, а потом убежала, и с тех пор не знаем, где она.

— Врете вы все! Подавайте девку! Укрыли, небось?

— Смеем ли укрывать? — запротестовал Прохоров. Так ничего управляющий и не добился.

Однако Маркиана все же взяли в часть и посекли, выпытывая под розгами, куда он укрыл дочку.

— Знать не знаю,— отвечал старик.— Убежала...

Наконец Прохорова оставили в покое, Машу же занесли в список беглых господских людей, разыскиваемых полицией. Узнав об исчезновении Маши, Дудышкин пришел в ярость.

— Не я буду, если не найду негодницы, будь она хоть на дне морском! — кричал он, расхаживая по комнате, как тигр по клетке.

И он действительно нашел: у него появился совершенно неожиданный союзник и помощник.

Через несколько дней после побега Маши, вечерком, Семену Семеновичу доложили, что какой-то старик из дворовых просит допустить его пред князевы очи и говорит, будто ведомо ему, где укрыта беглая крепостная девка Машка Прохорова. Дудышкин велел немедленно позвать старика. Через минуту перед ним предстал Михайлыч. Князь так и впился в него глазами.

— Что скажешь, старичок? Говорят, знаешь, где Машка-холопка укрыта.

— Ваше сиятельство! — с низким поклоном заговорил старик.— Явите княжескую милость, освободите от девки. Потому зазор, ей-ей. Прибежала это и живет себе. Непотребная совсем, а мой барин в гвардии состоит; узнают — срамота. Говорил ему: "Александр Васильевич! Гони девку взашей!". А он только смеется. Опять же и другие господа приходят и с нею чаи пьют. Разве можно? Уж вы, ваше сиятельство...

— Погоди,— нетерпеливо прервал его князь.— Ничего не пойму, что говоришь. Говори короче: где Машка укрыта?

— У моего барина.

— А кто твой барин?

— Гвардии прапорщик Александр Васильевич Кисельников. Проживать изволит в доме Петра Семеновича Лавишева.

По лицу князя скользнуло изумление, потом он покраснел от удовольствия.

— Кисельников?! Та-та-та! Вот когда попался, голубчик! Беглых девок укрывать, в полюбовницы сманивать? Ай, хорош! — воскликнул он, потирая руки.

При виде его злобной радости Михайлыч струхнул.

"Не было бы беды Александру Васильевичу через меня, старого дурака! И кой меня бес дернул идти говорить?" — мелькнуло у него в голове, он уже начал раскаиваться в своем доносе, стал обелять Кисельникова:

— А только мой барин не то, чтобы чего-нибудь с нею. Это все она, преподлющая. А барин мой — добрейшая душа, ну, сжалился над девкой. Опять же она грамотная и вроде как и не из подлых.

— Так, так, старичок! Добрейшая душа твой барин, знаю его. Хорош и Лавишев. Молодцы! Сманивают девок и развратный дом устраивают. Ай да мы! — воскликнул князь и, посмотрев на часы, которые показывали около шести, пробормотал: — Еще не поздно, можно успеть. Вот что, старичок, теперь я тебя не отпущу. Едем сейчас же в часть. Там ты все частному приставу скажешь, как мне говорил, а потом мы с частным да с будочниками поедем за девкой и заберем ее. И скоро будет, и ладно. А за услуженье твое на тебе пять алтын.

"Как Иуда предал я своего барина,— принимая дрожащею рукою деньги, подумал Михайлыч, которого все больше начинало мучить раскаяние.— Как я теперь Александру Васильевичу на глаза-то покажусь?"

Князь позвал лакеев и велел подать одеваться.

— А ты, старичок, сбежать не вздумай,— сказал он, выходя из комнаты, и приказал лакеям: — Вы тут за ним присматривайте.

Михайлыч, который в душе лелеял мысль о побеге, услыхав это приказание, только тяжело вздохнул.

Несколько минут спустя, Дудышкин с Михайлычем уже мчался к части. Тут старику пришлось повторить свой донос.

Частный пристав не мог не исполнить требования такой знатной персоны, как князь Дудышкин, и вскоре к дому Лавишева двинулся целый кортеж будочников, во главе с начальником, для поимки "беглой и непокорной дворовой девки Машки Прохоровой". Следом за этими не воюющими воинами медленно ехал сторонкой князь с Михайлычем на запятках саней.

По случайному совпадению в этот же вечер у Кисельникова собралась обычная дружеская компания из Николая Свияжского, который рад был уйти из дому, так как очень и очень крупно поговорил с отцом по поводу предполагаемого брака Ольги с Дудышкиным, а также Назарьева и Лавишева. С ними сидела и Маша Прохорова, уже далеко не чувствовавшая себя угнетенной по нескольким причинам: во-первых, тут был "он", Александр Васильевич, к которому чаще всего обращались ее блестевшие удовольствием глазки, а, во-вторых, все эти господа были такие милые, такие... Она не могла найти достаточно слов для их восхваления. И ученые же они! То читают оды наизусть, то мудреные книжки. Маша была не только грамотна, но, по тогдашнему времени, довольно начитанна, особенно по сравнению со светскими барыньками, которые если что и читали, то исключительно изложенное на французском диалекте, а русский язык и литературу полагали чуть ли не неприличными, недостойными изящного вкуса.

Душою собрания был, конечно, Лавишев, болтавший без умолку; часто от его полных юмора речей Маша заливалась серебристым смехом, а он поглядывал на ее разгоревшиеся щечки и думал:

"Вот тебе и хамская кровь! Какая же она, канашечка, миленькая!"

Увы! Подобно многим мужчинам, он не мог остаться равнодушным к любому хорошенькому личику.

— Бог знает, куда это запропастился мой Михайлыч,— не без раздражения промолвил среди наступившей паузы в разговоре Александр Васильевич.

— Прикорнул, верно, где-нибудь, старина,— сказал Евгений Дмитриевич Назарьев, закуривая трубку.

— Он у тебя славный старик,— проговорил Николай Андреевич.

— Да на что он тебе? — лениво процедил Лавишев.— Моей челяди хватит.

— Не в том дело. Но он стал какой-то... Этакий, не прежний, и уже третий раз так пропадает. А спросишь, где был, говорит, гулял.

Михайлычу действительно приходилось несколько раз "пропадать", так как князя Дудышкина было нелегко застать дома, за исключением приемных часов, которые были известны только людям, имевшим с ним дела.

— Ну и пусть его гуляет или спит,— сказал Лавишев.— А расскажу я вам теперь, господа мои, о некоей смеха достойной истории...— Начал было он и прервал речь, прислушиваясь к шуму, приближавшемуся от лестницы.

Вбежал лакей, перепуганный насмерть, и проговорил:

— Барин, частный сам. С ними князь... И...

В это время раздался зычный окрик:

— Да ты показывай дорогу-то, старый хрыч! Ну, живо!

— Сюда, сударь, ваше благородие. Здесь мой барин свое пребывание имеют,— донесся робкий возглас Михайлыча.

Дверь широко распахнулась, и в комнату вошел Дудышкин, а за ним частный, будочники и Михайлыч. Частный оказался между двух огней. С князем было шутить опасно, но хорошо он знал и влиятельность Лавишева, да ведь и Кисельников хоть не Бог знает кто, а все же офицер гвардии. Поэтому он начал насколько возможно мягко:

— Не дозволите ли спросить господина прапорщика лейб-гвардии Семеновского полка Александра Васильевича Кисельникова?

— Я. Что же вам надобно? — произнес Кисельников.

Маша, при виде Дудышкина, отбежала от стола и в страхе забилась в угол.

— А также не могу ли увидать я хозяина этого дома, господина камер-юнкера и кавалера Петра Семеновича Лавишева?

Тот отнесся к заявлению частного суровее.

— Отлично ты знаешь, братец,— пренебрежительно сказал он,— что это я. И скажи ты мне, пожалуйста,— добавил он еще небрежнее,— на кой черт здесь эта дылда торчит? Князь Дудышкин его звать, кажется?

Дудышкина передернуло.

— Да чего тут с ними кисели разводить? — гневно воскликнул он.— Пришли мы за моей беглой девкой, Машкой Прохоровой. А вот и она сама. Будочники, взять ее!.. Руки скрутите хорошенько. А на этих, на господ-то, в суд подам, а то и ее величеству, дабы не сманивали чужих девок на непотребство. Ну, берите ее!

Маша дрожала всем телом.

Назарьев, до сих пор довольно равнодушно относившийся к судьбе Маши, так как его поглощало собственное горе, теперь, при виде и здесь торжествующего своего врага, запылал яростью.

— Смей только кто подойти к этой девушке! — воскликнул

он, загораживая собой Прохорову и обнажая шпагу.— Убью на месте.

— А мы тебе: поможем! — воскликнул Кисельников.

Побледневший Свияжский стоял безмолвно и думал, глядя на князя:

"И такого-то негодяя хотят в мужья бедной Олечке!" Будочники мялись, частный тоже.

— К чему тут шпаги? — презрительно процедил Лавишев.— Я просто прикажу гайдукам выгнать их.

— Разлюбезное дело! Гоните их, ваша милость! — послышался возглас Михайлыча.

Александр Васильевич давно догадался, кто был виновником этой истории; он пристально посмотрел на пестуна и крикнул:

— Нишкни, Иуда! С тобою мы еще разберемся.

Взглянул старик на своего питомца и робко потупился: в первый раз почувствовал он в лице его грозного владыку.

— Как?! Гнать меня? Князя Дудышкина? — вспылил Семен Семенович.

— А что же? Лавишев и не таких выгонял, которые к его компании подходящими быть не могли. А то, ежели желаете, можно и мирно. Я покупаю у вас эту особу.

— Не особу, а беглую девку. Мне она нужна для домашних услуг, и продавать ее я не хочу.

— Знаю, для каких услуг... Эй, кликни гайдуков! — приказал Лавишев одному из лакеев, столпившихся у дверей.— Жаль! Я бы дал хорошую цену, и шума не было бы... Я не себе ее покупаю, а на волю.

Князь понимал, что его роль становится не только позорной, но и опасной. Он слышал уже приближавшиеся шаги дюжих гайдуков, а потому пробормотал:

— Ну, ежели хорошую цену, тогда...

— Сколько желали бы?

"Хорошо же! Я тебе поднесу. Отступишься!" — подумал князь и громко промолвил:

— Сейчас же пять тысяч червонцами на стол, и я дам ей вольную.

— Слышали, господа? Теперь ему нельзя будет обмануть меня, как того бедного старика. И на что позарился-то: за триста целковых продал свое дворянское слово!.. Ну а я — не тот старичок. Васька! — приказал Лавишев.— Притащи ларец, что у меня у кровати, чернильницу, перья и бумагу.

Челядинец побежал исполнять приказание.

— Марья Маркиановна,— обратился между тем Лавишев

к Прохоровой,— выйдите теперь из вашего уголка: сейчас мы денежки заплатим — и вы вольная. И на князеньку этого вы можете прямо-таки чихать.

Дудышкин молчал, не находя, что возражать, хотя у него от злости скулы дрожали.

Требуемое было принесено. Петр Семенович небрежно вынул из ларца несколько свертков золота.

— Вот ваши деньги. Садитесь, пишите отпускную. На слово-то вам нельзя верить. На днях отпускную закрепим... Самое лучшее — завтра утречком. Вот бумага, а вот и перышко.

Дрожащей рукой князь стал выводить: "Я, лейб-гвардии конного полка поручик" и т. д. В мозгу его пронеслась только одна утешительная в этом позорном положении мысль: "Зато деньжищ же сорвал!"

Лавишев был до конца верен себе и великолепен: когда Дудышкин, далеко не привыкший к письму, закончил отпускную и потянулся было за деньгами, Петр Семенович остановил его:

— Нет, погодите! Хоть вы и князь, а такие крючки умеете строчить, что, ой-ой, иному подьячему не под силу. Дайте-ка пробежать бумажонку. Вы ведь, князь,— голова. И чего вам было не пойти в подьячие вместо конного полка?

Дудышкин видел, что даже будочники ухмыляются, а частный, поняв, что перевес, безусловно, не на стороне князя, усерднейшим образом хихикал в ладонь. Об остальных и говорить нечего: те без стеснения и ядовито хохотали.

Но князю было далеко не так весело, как всем другим присутствовавшим. В груди у него начинало клокотать бешенство.

— Читайте,— хрипло вымолвил он, подвигая Лавишеву отпускную.

Тот прочел ее с обидною тщательностью.

— Все в порядке. Вот вам деньги, князь! Как приятно побеседовать с человеком, и не удивительно ли, как все мирно устроилось?

— Н-да, конечно... А все-таки беглых укрывать не совсем бы вам к лицу. Все же вы дворянин,— задыхаясь сказал Семен Семенович.— Ну а гвардейским офицерам,— обратился он вдруг с язвительной усмешкой к Александру Васильевичу,— красть чужих дворовых девок для непотребства и вовсе не пристало.

Кисельников вздрогнул, словно его кнутом ударили. Цельная, несдержанная натура провинциала, не испорченная столичными условиями, взяла свое.

— Что ты сказал? — проговорил он сквозь стиснутые зубы, наступая на князя, сжав кулаки и смотря на него горящим взглядом.

— Я вам не холоп, чтобы вы смели говорить мне "ты",— промолвил князь, слегка подаваясь назад.— А сказал я, что гвардейским офицерам красть для непотребства чужих девок...

Он не окончил. Послышался громкий возглас: "Получи, скотина!". Вслед за тем Александр Васильевич размахнулся, и звучная пощечина заставила пошатнуться Дудышкина.

Князь вскрикнул, растерянно посмотрел вокруг и, схватившись за щеку, пробормотал: "Что это?.. Да ведь он...". А потом, весь побагровев, крикнул:

— Сатисфакцию, сударь, сатисфакцию!.. На смерть.

— Очень рад. Ищите секундантов,— тяжело дыша, бледный как снег, ответил Александр Васильевич.— Мои будут у вас сегодня же.

Назарьев стоял с мрачным лицом.

— Так и надо этакую гадину,— проговорил он вполголоса, с ненавистью смотря на Дудышкина.

— Вы мне кровью заплатите. Оскорбить князя Дудышкина!.. О! Я вам покажу!.. Да и иным прочим все это не пройдет... Прощайте, прощайте.

— Самое лучшее дело, какое сегодня свершили, это то, что вы уходите,— крикнул ему вслед Лавишев.

— Хорошо, хорошо!.. Все вы попомните,— сказал князь, исчезая за дверью.

Следом за ним гурьбой удалились и полицейские.

У оставшихся настроение было подавленное. Каждый чувствовал, что произошло нечто важное, могущее окончиться крайне печально. Лавишев, взяв случайно оказавшиеся лишними и лежавшие на столе два червонца, подкидывал их, стараясь принять беспечный вид: верный себе во всем, он и при данных обстоятельствах не хотел изменить своей светскости. Назарьев молчал, угрюмый, почти страшный, и его глаза поблескивали. Свияжский, заложив руки за спину, прохаживался с растерянным видом.

Откуда-то из-за выступа печки, где укрылся Михайлыч, доносились чуть слышные сетования:

— И все через меня, старого черта! Вот натворил-то, окаянная моя голова.

Маша беззвучно плакала.

Спокойнее всех был сам Александр Васильевич. Он даже чувствовал себя почти довольным.

"Добрался я таки до этой канальи!" — подумал он и первым прервал тягостное молчание.

— Петр Семенович! Сделай милость, будь моим секундантом. И ты, Женя,— обратился он к Лавишеву и Назарьеву.— Позвал бы я тебя, Николай, да, думаю, неудобно: ведь он, хоть и не желанный, а все же жених твоей сестры.

— Это верно. Неловко мне,— сказал Свияжский.— А то бы с великой радостью.

— Идет, по рукам! — воскликнул Лавишев, быть может, с несколько напускною веселостью.— Одно скверно — не знаю, как пистолеты заряжаются.

— Научим,— хором ответили военные.

— Что касается меня, то я не только секундантом, а стал бы даже на твое место на поединке,— сказал Евгений Дмитриевич.

— Так и ладно. Господа! — воскликнул Кисельников.— Зря нечего время терять, да и зазорно. Подождем полчасика, да и поезжайте-ка к Дудышкину; пусть укажет своих секундантов, да с ними и сговоритесь окончательно. Мне об одном только забота, как бы все это поскорей устроить: завтра, послезавтра...

— А что же, можно хоть сейчас. Пойду, оденусь, как подобает, да и в путь,— промолвил Петр Семенович, вставая.— Надо в полном параде, так водится. Ты бы, Евгений Дмитриевич, тоже малость пообчистился да подтянулся.

Когда он был уже у двери, к нему кинулась Машенька, воскликнув:

— Постойте! Дайте поблагодарить вас... Была я крепостная холопка, теперь человеком вольным стала благодаря вам. Дозвольте в последний раз по холопскому обычаю поспасибствовать. Больше в жизни никто этого не увидит! — И она, поймав руку Лавишева, плача осыпала его поцелуями.

Будь она обыкновенная крепостная девка, Лавишев отнесся бы к этому случаю вполне равнодушно: он привык, что дворовые, как милости, искали случая поцеловать барскую рученьку, но теперь он смутился.

— Мария Маркиановна!.. Машенька!.. Вы вольная, не годится теперь... Помилуйте!.. Да и что я такого сделал особенного? — пробормотал он и постарался выскользнуть за двери.

И в самом деле ему, эксцентричному прожигателю жизни и богачу, не казалось особенным, что он только сейчас выкинул пять тысяч золотом ради освобождения от крепостной неволи совершенно чужой и мало знакомой ему девушки.

Машенька опять укрылась в темном уголке. В полумраке было видно, как вздрагивали ее плечи от сдерживаемых рыданий.

Следом за Петром Семеновичем собрался и Свияжский.

— Знаешь, Саша, я пойду. На душе так смутно. Уж ты прости. Как-то тяжело среди людей. Горе у меня. После когда-нибудь расскажу. Когда поединок будет, ты мне сообщи, приеду. Бог сохранит тебя. Неужели эта гадина победит? Прощай, друг! — сказал он.

Они крепко пожали руки и расцеловались.

— Ольге Андреевне и вообще, конечно, ни гу-гу,— предупредил его Кисельников.

— Это само собою. Эх, жизнь! А и тяжела же ты. Прощайте, Мария Маркиановна.

Девушка протянула ему дрожащую руку.

— И все из-за меня,— пролепетала она всхлипывая.— Только зло одно людям... Сгинуть бы мне, помереть. Крепостная девка, а что натворила.

— Полноте! Вы теперь не крепостная. И зачем себя зря изводить? Вы успокойтесь. Мы еще будем с вами развеселые песни петь. Все пройдет, все устроится! — сказал Свияжский и ушел.

Вскоре после его ухода пришел Лавишев, одетый в раззолоченный придворный мундир.

— Я готов. Едем, Евгений Дмитриевич. А ты даже и парика не поправил? Ишь, он у тебя набок съехал. Поди хоть припудрись,— заметил он Назарьеву.

— Ладно, и так сойдет. Ехать так ехать. Я думаю, он еще секундантов не нашел.

— Ну, хочешь быть чучелом, твое дело. До свидания пока, Саша! Мы живо.

Они ушли.

Тихо стало в комнате. Нагоревшие сальные свечи пускали, коптя, дрожащее, длинное пламя, кидавшее неровные, трепещущие тени. Слышны были всхлипывания Маши и тяжелые вздохи Михайлыча.

Александр Васильевич присел к столу и задумался. На душе у него было смутно. Он тяжело оскорбил человека. Правда, этот человек был скверным, недостойным имени человеческого, но... Сталкиваясь с этим "но", Кисельников чувствовал словно угрызения совести.

"А если бы меня так? Ведь после этого прямо-таки жить нельзя",— мелькнуло у него в сознании.

Конечно, он должен выйти с князем на поединок, дать

ему сатисфакцию. Быть может, князь убьет его. На то воля Божья. Поединок будет смертельным. Правда, не исключено, что он уложит Дудышкина. Оскорбленный сам же еще и пострадает. В этом есть какая-то несправедливость. Но разве сам князь не оскорблял его десятки раз мелочно и придирчиво? Разве не оскорблял он всего общества своими себялюбивыми и гнусными поступками? Он, Киселышков, станет мстителем не только за эту бедную девушку, а за многое-многое. Если он убьет Дудышкина, это будет только заслуженной карой для князя. Или, если доведется, пощадит его, выстрелит в воздух? Желчь закипела; мелькнула жестокая мысль:

"Нет, убить!".

За его спиной послышался тихий голос:

— Барин! Я пойду.

Кисельников вздрогнул и обернулся. Перед ним стояла закутанная в платок и в накинутой на плечи кацавейке Маша.

— Что вы, Мария Маркиановна?

— Я пойду, барин... К своим пойду. Теперь князя мне нечего бояться. Прощайте! Вечно за вас буду Бога молить,— каким-то упавшим голосом проговорила Прохорова.

— Какой я вам барин? У вас теперь барина нет. Выйдете вы теперь замуж за купца и заживете себе любо да дорого. Скидывайте платок да оставайтесь,— промолвил Александр Васильевич, стараясь придать разговору шутливый тон.— Завтра идите. Теперь поздно.

— Нет, уж я пойду. А что за купца замуж — это вы напрасно. Ни за кого бы не пошла, если бы... Ах, барин,— буду я так вас величать, потому никак мне ровней вам не стать,— люб мне был один сокол ясный, удалой молодец, да, видно, не пара соколику серая горлица! — Платок упал с головы девушки, волосы разметались в беспорядке, глаза блестели.— Не летать ей с соколом в поднебесье... Ей, горлице, в травушке прятаться! — Маша провела рукой по разгоряченному лицу.— Будет! Что я, шалая, в самом деле? — сказала она, оправляя платок.— Молиться буду о вас, чтобы охранил вас Бог от пули... На поединок из-за меня?! Боже мой, Господи! И стою ли я того? Каждый день справляться буду, целешеньки ли вы, и если, упаси Бог, неладное с вами приключится, тогда я... Тогда я — в прорубь головой.

— Полно, Мария Маркиановна, успокойтесь! — пытался уговорить ее Александр Васильевич, видя, что девушка, как говорится, не в себе.

— Нет, чего же. Говорю правду. А уцелеете, и совесть меня не станет мучить, так есть у меня иной путь. Я вот сказала, что замуж не вышла бы, кабы... кабы в солдаты за меня Илюшка не продался.

— А Илья-то тут что же?

— А то, что он за меня свою волюшку отдал, а теперь я ему свою волюшку отдам. Повенчаюсь я с ним, Александр Васильевич.

— С ним? С рекрутом?

— Да. Поделю с ним горькую долю! — Маша подошла ближе к Кисельникову.— Прощайте, барин, прощайте, Александр Васильевич! Никогда вас не забуду. Буду молиться и... любить! — И она вдруг, припав к молодому человеку, обожгла его страстным поцелуем, а потом выбежала из комнаты с быстротою газели.

Кисельников растерянно посмотрел ей вслед, поднялся было, чтобы кинуться за нею, потом опустился обратно, взволнованный, подавленный. Его голову наполнял какой-то хаос мыслей. События сегодняшнего вечера были так неожиданны, так непоследовательны и важны, что он склонился под их тяжестью. На щеке он еще ощущал жаркий след поцелуя.

Любит?.. И он не замечал? Бедная! Да, да, теперь он вспоминает. Эти странные взгляды, этот неровный румянец. Но как он не догадался? Надо было уйти, отдалиться. И Маше было бы лучше, да и ему. Теперь он чувствует себя словно виноватым. Но в чем его вина? Разве он хотел этого? Ничуть. Однако в глубине души шевелилось словно угрызение совести.

Кисельников облокотился на стол и погрузился в печальное раздумье. Вдруг кто-то потянул его за полу кафтана. У его ног лежал, чуть приподняв седую голову, заплаканный, непохожий на себя, Михайлыч.

— Что тебе, Иуда? — раздраженно проговорил Кисельников.

— Батюшка барин! — зашамкал старик.— Прости Христа ради! Псом твоим буду, побои, что хочешь, снесу, только прости! Ей-ей, я без умысла... Хотел лучше сделать. А теперь... О, Господи, Боже мой!.. По глупости я только. Не со зла же. Я ли тебя не люблю? Ведь сам на своих руках этаким тебя махоньким нашивал...

— Вижу, что любишь! То-то и пошел с доносом, христопродавец,— сурово вымолвил Кисельников.

— Барин! Александр Васильевич! Убей ты меня, подлого раба, только таких слов не говори. Я не со зла. Добра хотел. Богом молю, прости!

Старик стукал лбом в пол, отвешивая земные поклоны, обнимал барские колени.

Кисельникову стало жаль его. Он понимал, что Михайлыч менее виноват в этой истории, чем казалось.

— Встань! Бог тебя простит. Ну будет тебе причитать. Простил уж, так чего? Иди себе! Да больше обо всей этой гадости никогда ни слова! — сказал он.

Дядька поцеловал ему руку и присел в уголке, взволнованный, растерянный, мучимый угрызениями совести.

Назарьев и Лавишев вернулись довольно поздно.

— Ну, брат, твой князь запорол горячку,— сказал Петр Семенович.— Представь себе, еще до нашего приезда он успел уже найти секундантов.

— Ходит гоголем, но, кажется, трусит,— промолвил Назарьев.

— И как еще! — подхватил Лавишев.— Сейчас был бы готов на мировую, ежели бы не позор. Да ведь узнают, так и из полка выгонят. Стреляться должен. Ну, мы с его секундантами условились, побывали у них. Оказывается, мои приятели! Говорят про князя и морщатся. В секунданты пошли к нему потому только, что он их однополчанин. Решено: стреляться вам послезавтра, в девять часов утра, в Елагиной роще. Расстояние — десять шагов.

— Отлично!.. По крайней мере, ждать недолго,— промолвил Александр Васильевич.

Они посидели еще некоторое время, беседуя о неожиданно нахлынувших событиях, и после возгласа Лавишева: "Ах, как я хочу спа-а-теньки, спа-теньки!" — разошлись.

Ночью Михайлыч несколько раз будил Кисельникова.

— Александр Васильевич! Стало быть, из-за моей глупости ты, сердешный, под пулю?

В ответ на это его барин только брыкал ногами и вопил:

— Отстань, ирод!

Само собой разумеется, было решено, чтобы эта история не получила огласки. С Николая Свияжского было взято слово, что он никому не расскажет ничего. Печальный факт пощечины также решили замять и весь поединок объяснить ссорой "двух друзей".

XIX

В ночь накануне дуэли Александр Васильевич не ложился спать. Пара сальных свечей уже догорала, а он все еще сидел у стола, и рука его торопливо выводила строку за строкой: он заготовлял на всякий случай письма к отцу, к Полиньке, к друзьям и хорошим знакомым. Уже бледный зимний рассвет начинал проникать в комнату, когда Кисельников запечатал пакеты, крупно написал на каждом: "Передать в случае моей смерти", встал и потянулся.

"Разве прилечь?" — подумал он.

Но спать не хотелось. Молодой человек испытывал странное состояние, но менее всего в нем было места страху. Его чувство скорее походило на тихую грусть. Он отлично знал, что Дудышкин трус, а потому не даст ему пощады и будет прилежно целиться; такие люди, как князь, обыкновенно чрезвычайно дорожат своей жизнью и, напротив, всегда готовы принести чужую в жертву своему существованию.

Кисельников подошел и отдернул занавес. Поток бледных, холодных лучей заставил пожелтеть огни догоравших свеч и кинул по углам серые тени. Небо было еще хмуро, длинная улица еще полутемна, но на ней уже началось движение, силуэты людей и коней скользили бесшумно и торопливо. Было морозно и ветрено, чуждо, неприветливо. Хотелось пожать протянутую с теплым участием дружескую руку, услышать горячее, задушевное слово, быть может, пророненное дрогнувшим от затаенной скорби голосом.

Александр Васильевич тяжело вздохнул и встряхнулся.

"Э! Что за баба!" — подумал он и хотел засвистать песенку, но осекся.

Михайлыч давно уже не спал. Он подошел к своему питомцу, его глаза были красны от слез.

— Вот что, Александр Васильевич, ты бы, того, помолился,— зашамкал он. — Дело большое, горестное. Э-эх! Старик вдруг заплакал, по-детски вытирая глаза кулаками.— Дай, перекрещу вместо отца. Далеко он, отец-то твой. Сохрани тебя Бог, спаси! — И Михайлыч торопливо перекрестил юного офицера.

— Спасибо, Михайлыч,— сказал взволнованный Кисельников.— Что Бог даст! — Стараясь справиться с волнением, он указал на стол и деловым тоном прибавил: —

Оставил я тут письма батюшке, ну и там другим. В случае чего, передай.

Вошел Лавишев, заспанный, но уже одетый в соответствующий костюм вроде охотничьего.

— Ты еще не оделся? Пора, надо ехать! Заставлять ждать не принято. Что у тебя глаза красные? — сказал он.

— Я не спал ночь, не ложился.

— Напрасно: рука, пожалуй, дрожать будет. Ну, собирайся! Назарьев уже здесь: пьет чай у меня. Спускайся скорее ко мне и ты. Мы наскоро хлебнем рому, да и в путь. Скверно, что мороз и ветер. Сейчас и лекарь должен приехать.

Спустя полчаса Кисельников, его секунданты и лекарь уже мчались в карете к Елагиной роще. Путь был далекий и небезопасный, так как приходилось переезжать по льду Невы и легко можно было попасть в полынью: особенных мер для безопасности путников в то время не принималось. Лавишев кутался в шубу и брюзжал: он был не в духе из-за того, что пришлось рано встать, что обычный порядок дня сбивался и что он не успел как следует завить букли. Назарьев бережно держал на коленях ящик с пистолетами, был задумчив и обменивался с путниками незначительными фразами. Раз только у него вырвалось: "Эх, как хотел бы я быть на твоем месте, Александр Васильевич!". И его глаза мрачно сверкнули.

— Что так? — спросил Петр Семенович.— Или тоже есть счеты с Дудышкиным?

— Да, есть,— угрюмо и отрывисто ответил Назарьев.

Спокойнее всех были сам дуэлянт да врач, уже не молодой немец, вяло посматривавший бледно-голубыми глазами. На его лице, казалось, было написано:

"Мне все равно, хоть перестреляйте все друг друга. Я вас буду лечить, а вы мне хорошо платить. И я с Амалией наживу много денег".

Экипаж Дудышкина подъехал к опушке рощи почти одновременно с лавишевским.

Все вышли, церемонно раскланялись, и, проваливаясь в снег выше колена, углубились в чащу, чтобы выбрать подходящую лужайку. Такую вскоре нашли.

— Ну, приступим,— сказал один из секундантов противника, опытный в дуэльных делах.

Отсчитали шаги, зарядили пистолеты. Кому стрелять первым, должен был решить жребий.

Лавишев завязал на платке узелок и, зажав концы платка в кулаке, произнес:

— Тяните: у кого узел, тот стреляет первым.

Дудышкин протянул заметно дрожащую руку и вытянул узел. На его лице выразилась нескрываемая радость.

— Ваше счастье, князь. Пойдем на места,— спокойно заметил Кисельников.

— Это не счастье, а судьба: она отдает мне моего оскорбителя! — с напыщенной надменностью проговорил Дудышкин.

Александр Васильевич ничего не ответил и, пожав плечами, направился на назначенное место.

На предложение помириться князь гордо ответил отказом. Секунданты отошли в сторону. Назарьев был бледен, в его мозгу шевелилась тревожная мысль: "Неужели эта каналья подстрелит Сашу?". Лавишева пробирала нервная дрожь.

Послышалась команда: "Раз!", и князь поднял пистолет. Затем раздалось: "Два!".

"Ишь ты, целит мне прямо в лоб,— подумал Кисельников, смотря в отверстие дула, и его охватила волна злобы.— Погоди ж ты! Ежели я уцелею, то держись",— пронеслось в его голове.

— Три! — отчеканил секундант, руководивший дуэлью.

Звук выстрела отчетливо и резко прокатился в морозном воздухе.

Кисельников вздрогнул: пуля оцарапала ему щеку. Князь стоял с перекошенным лицом, ужасаясь своей неудаче.

— Теперь вам,— обратился секундант к Александру Васильевичу.— Раз!

Дудышкина начала колотить лихорадка. Он был так гнусно жалок, что злоба Кисельникова остыла.

"Ну его... Пусть в самом деле судьба решит",— подумал Кисельников, и хотя послышалась команда: "Два!", он все же не прицеливался.

— Три! — крикнул руководитель дуэли, и Александр Васильевич быстро выстрелил наудачу.

Князь как-то нелепо взмахнул руками и тяжелой массой рухнул на снег. К нему все кинулись гурьбой. Только Кисельников стоял как в столбняке и растерянно смотрел на тощее, неподвижное тело Семена Семеновича. Врач наклонился над князем, приложил ухо к его груди, на которой виднелась маленькая, ровная круглая ранка, подержал, отыскивая пульс, руку Дудышкина и выпустил ее.

— Finis! Прямо в сердце. Мне здесь делать нечего,— сказал он, вставая.

Все молчали, не спуская взоров с некрасивого мертвого лица с сероватым оттенком. Настроение было подавленное. Большинство не чувствовано симпатии к Дудышкину, пока он был жив, но теперь у каждого в душе смутно поднималось сознание, что сейчас свершилось нехорошее, грешное дело, и труп князя чернел на снегу для них злым упреком.

Первым прервал тягостное молчание бывалый секундант, тот самый, который считал себя знатоком дуэльного дела.

— Что же, надо нести,— тихо сказал он и, разостлав шинель, сброшенную в начале поединка князем, добавил: — Помогите!

Князя положили на шинель и медленно понесли, лавируя между деревьями.

Кисельников поплелся сзади. Его душа была полна холодного ужаса, мозг не хотел верить действительности. Он вдруг подбежал к Лавишеву и, схватив его за плечо, крикнул с истерической ноткой в голосе:

— Петя! Да неужели это я его?..

Петр Семенович ответил почти грубо:

— Ну да, конечно ты. А то кто же?

Кисельников схватился за голову.

— Человека убил! Каин! — вскрикнул он и рухнул как подкошенный.

— Это ничего. Это проходит. Сейчас мы кровь пустим.

XX

Смерть Дудышкина наделала много шума в великосветских кругах, но едва ли она внесла больший переполох куда-либо, чем в дом Свияжских.

Получив весть о кончине князя, Ольга Андреевна вздохнула, как узник, узнавший об отмене его смертной казни. Она сама поймала себя на той мысли, что ее чувство при получении печального известия не только мало походило на печаль, но было чуть ли не противоположно той, то есть представляло из себя радость. Правда, совесть тотчас же упрекнула ее: "Человек погиб, а я радуюсь? Грешно!". Но против воли мозг неустанно шептал, что она теперь свободна, что ей более не грозит противный долговязый князь.

Надежда Кирилловна, узнав, что князь убит, позеленела: его смерть разрушила все ее планы. Приходилось начинать все сначала. И она мысленно воскликнула:

"Ольге за Назарьевым не бывать! Надо найти кого-нибудь другого вместо князя, но... Пока сорвалось".

Когда она впервые на панихиде увидела Семена Семеновича мертвым, то почти с ненавистью взглянула на его неподвижное восковое лицо и подумала:

"Всю жизнь был глупцом, глупо и кончил".

Хоронили Дудышкина роскошно, и провожающих было много; среди них, конечно, не было Кисельникова, который лежал в горячке, происшедшей от сильного нервного потрясения.

А между тем над его головой собиралась гроза. У Дудышкина были влиятельные родственники, которые позаботились поднять шум, где следует. По городу ходили нелепые слухи о причинах, вызвавших дуэль. Говорили, что Александр Васильевич безобразный развратник, что он сманил у князя крепостную девушку и открыто держал ее при себе любовницей, а когда возмущенный Семен Семенович потребовал, чтобы он прекратил эту позорную связь и возвратил девушку обратно ее отцу, то Кисельников намеренно дерзкой выходкой побудил самолюбивого князя сделать вызов на поединок, и, прекрасно, якобы, владея пистолетом, без труда убил на месте. Эти толки производили надлежащее действие, несмотря на то что Лавишев с Назарьевым и молодым Свияжским старались опровергать их повсюду.

Что касается Евгения Дмитриевича, то он со смертью Дудышкина несколько воспрянул духом; правда, особенно блестящих перспектив впереди не предвиделось, однако была хоть отсрочка до первого сватовства Ольги кем-нибудь, а уж и это кое-что значило. Кроме того, Ольгу уже не прятали от него так усердно, как прежде, потому что Надежде Кирилловне, занятой созданием новых планов и искавшей человека, подходящего для замены Дудышкина, было на время не до них. Молодые люди свободно виделись и свободно беседовали, и каких только воздушных замков не строили они порой! Но брал верх рассудок, они падали с небес на землю, и разлетались их грезы как мыльные пузыри.

В такие минуты все чаще и чаще заводил речь Евгений Дмитриевич о единственно возможном, по его мнению, исходе — побеге. Однако Ольга Андреевна плакала и медлила принять роковое решение.

Однажды Назарьев пришел на свидание с ней очень взволнованным.

— Оля, родная! — заговорил он.— Теперь мы можем устроиться: я наконец получил долго ожидаемые деньги.

Милая, если ты меня любишь, решись теперь же. Я все устрою. Нам ведь нечего ждать: явится другой такой Дудышкин, и всему конец. Пока не поздно, бежим!

— Ах, Боже мой! Но ведь это ужасно, ужасно! — заломив руки, воскликнула Свияжская.

— Но что же нам делать? Разве мы виноваты? Судьба!

Назарьеву пришлось долго уговаривать ее, подбирая нежнейшие названия, какие он только мог найти, и осыпая поцелуями ее руки. Наконец молодая девушка тихо промолвила:

— Что же делать, видно, придется красть наше счастье. Будь по-твоему, милый, я согласна. Бежим, устраивай!

Из глаз у нее брызнули слезы.

— Успокойся, птичка моя! Ну зачем же так убиваться? — прошептал Назарьев, целуя ее побледневшие губы.

— Боже мой! — вдруг поспешно поднялась она с испуганным видом.— Ведь мне сейчас надо на дежурство. Неужели опоздала? Государыня этого не любит.

Наскоро одевшись, Ольга поехала во дворец.

Время было послеобеденное. У государыни находился Бецкий {Иван Иванович Бецкий, знаменитый государственный деятель времен Екатерины II, трудам которого Россия обязана развитием своих воспитательных учреждений.}, без умолку болтавший о своих филантропических планах, и звук его голоса доносился до Ольги Андреевны, сидевшей в смежной комнате, на случай, если императрица пожелает потребовать к себе дежурную фрейлину. Однако Бецкий вскоре ушел; он уже на пороге, откланиваясь государыне, все еще что-то говорил со своею обычною живостью. Затем у императрицы стало тихо.

Свияжская выбрала одну из французских книжек, сложенных столбиком на столике, стоявшем в углу, и стала перелистывать ее.

В книге описывались нежная страсть двух несчастных влюбленных, их страдания, борьба с препятствиями.

У Ольги Андреевны невольно создалась аналогия между описываемой любовной драмой и своей собственной, переживаемой ею; своя показалась ей куда тяжелее, и у нее зареяли мысли:

"Впереди только возможность побега. Боже! Зачем Ты допустил до этого? Идти против отцовской воли? Быть может, навлечь на себя его проклятие. Да и какой позор для него: дочь сбежала! Ведь этого никак не скроешь. На него будут пальцем показывать. Как ему не проклясть нас? А дальше какая же жизнь, какое же счастье под тяготой проклятья? Краденое счастье! Что же хорошего можно купить грехом?"

И в душу девушки закрадывалась беспросветная безнадежность. Ею овладело глубокое, печальное раздумье, и не замечаемые ею слезы одна за другой западали на страницу раскрытой, но уже не читаемой книги.

Тихо отворилась дверь. Свияжская не слышала и продолжала сидеть с уроненной на грудь головой, как прекрасная, юная статуя скорби.

— Деточка! О чем эти слезы? — послышался подле нее мягкий голос, и чья-то рука ласково легла ей на плечо.

Ольга Андреевна вздрогнула и оторопела: перед нею стояла императрица. Однако Свияжская опомнилась и быстро поднялась.

— Ваше величество! — смущенно залепетала она, стараясь смахнуть досадные слезы.— Простите! Я не слышала... Задумалась...

— Ты о чем-то грустишь, детка? Сядь-ка, сядь! О чем же? От матери грешно скрывать, а разве я для вас не та же мать?

Голос государыни проникал в душу, ясные глаза светились теплой, материнской лаской.

Какие-то новые струны задрожали в сердце Ольги; ей захотелось излить все, что наболело, как перед матерью, довериться, услышать слово участия.

— Я вам все скажу, ваше величество, только не браните меня за то, что я грешна... Я ведь и несчастна! — воскликнула Свияжская и затем в каком-то экстазе быстро, несвязно, но подробно поведала все государыне: о своей любви к Назарьеву, о сватовстве Дудышкина, наконец о задуманном побеге.— Простите меня, ваше величество! Я гадкая, грешная, нехорошая,— закончила она речь, целуя и обливая слезами руки императрицы.

Государыня была растрогана.

— Ты прежде всего успокойся, деточка,— сказала она.— И зачем так горько плакать и портить свои прелестные глазки? Все еще может устроиться... Особенно если я возьмусь за это.

— Вы?

— Да. Надо же сделать так, чтобы на этих глазках высохли слезы. Ты сегодня расстроена, можно сказать, не в себе, тебе не до дежурства. Поезжай домой и постарайся успокоиться. О твоем милом я спрошу кое у кого, каков он. Да, кстати, скажи своему отцу, чтобы он послезавтра приехал ко мне на прием: частным образом, повестки не будет. Ну успокойся же! — Императрица встала и пристально посмотрела на Ольгу.—

Кажешься ты ангельчиком, а на самом деле маленький... бесенок,— промолвила она и, ласково кивнув Свияжской, удалилась.

Домой Ольга Андреевна приехала как в чаду, но первым долгом передала отцу приказание императрицы.

Старик всполошился. Он был лично известен государыне, однако далеко не пользовался ее вниманием, очень редко удостаивался беседы с ней и стороной знал, что Екатерина Алексеевна не совсем-то его долюбливает, так как слышала от злых людей о некоторых его делишках.

В назначенный срок Андрей Григорьевич отправился во дворец с далеко не спокойным сердцем и всю дорогу раздумывал, не дошло ли чего-нибудь до императрицы о его каких-нибудь недавних делах. Но, казалось бы, этого не должно быть: все устраивалось очень ловко. Вернулся он и взволнованный, и смущенный, тотчас позвал жену в кабинет и долго толковал с нею.

Потом туда же позвали и Ольгу. Взглянув на мачеху, молодая девушка подивилась той перемене, которая произошла в ней: та была бледна как полотно, а ее глаза блестели недобрым огнем.

А через несколько дней после этого в квартире Кисельникова произошла следующая сцена.

Александр Васильевич, только что оправившийся от болезни, бледный и исхудалый, с унылым видом бродил по комнате, как вдруг к нему вбежал Назарьев, взволнованный, дрожащий от радости.

— Ура! — закричал он и, схватив в объятия Александра Васильевича, закружился с ним по комнате.

— Женя! Что с тобой? — с недоумением спросил его Кисельников.

— Что со мной? Ох, дай дух перевести! Радость у меня, такая радость, что... Ну, одним словом, чудо из чудес. Фу-у! — проговорил армеец, опустившись на стул и тяжело дыша.— Понимаешь,— добавил он,— понимаешь: Олечку мою за меня отдают! Не чудо ли? До сих пор опомниться не могу.

Кисельников посмотрел на приятеля с недоверчивым изумлением.

— Ты думаешь, уж не рехнулся ли я? — продолжал Назарьев.— Не бойся, нет! Ах, батенька мой, как это все дивно устроилось! Я уговорил Олю на днях бежать от отца и обвенчаться самокруткой. А вчера прихожу, она встречает меня такая радостная, какою я давно уже не видел ее, и говорит: "И без побега все устроится, только Богу молись",— "Как же это так

122

может быть?" — спрашиваю. "А уж так. Пока ничего не скажу, а на днях узнаешь". Как я ни допытывался, так она ничего и не сказала. Только смеется и кричит: "Не спрашивай!". Прихожу к Свияжским сегодня, а лакей мне докладывает: "Их превосходительство Андрей Григорьевич просили ваше благородие к себе в кабинет". У меня сердце захолонуло: "Ну,— думаю,— от дома мне отказывать хочет!". Пошел, а сердце тут-тук! Ну и представь себе: Андрей Григорьевич вдруг мне чуть не на шею кидается, не знает, куда посадить, жмет руки... Одним словом, ангел, а не человек. Потом хлопнул меня по колену, да и говорит: "Что же, родименький, если такова воля нашей великой государыни, то мы можем с вами и породниться. Честным пирком, да и за свадебку. Знаю,— говорит и глазом этак подмигивает,— давно этого дожидаешься, зятек, хе-хе!". Я сижу и понять не могу сразу: что за притча? А он смеется: "Не ожидал? Скажу напрямик: государыня хочет, чтобы я за вас Оленьку выдал. Воля монархини — закон. Бери мою дочку! Давай обнимемся". Ну, расцеловались. Потом позвали Олю. Она и плачет, и смеется. Радости-то, радости, Господи! Вот дождался! Оля, оказывается, царице всю правду открыла про нас. Государыня и принялась за Свияжского. В приемной при всех сказала: "Я у тебя свахой, Андрей Григорьевич, хочу быть: есть у меня на примете жених для твоей дочки, армейский капитан Назарьев. Он бедный, но дворянин, и я о нем позабочусь. Дочка твоя и он любят друг друга, а это самое важное для счастья: слезы-то и через золото льются, а у них будет совет да любовь. Так принимаешь мое сватовство?". Свияжский, конечно, только знай кланяется да бормочет: "Слушаюсь, ваше величество!". Так вот, брат, дела какие. Через месяц свадьба. Радость-то какая великая! Ты у меня, конечно, в шаферах?

— Поздравляю, друг, от души поздравляю. Дай Бог тебе с молодой женой всего лучшего,— в волнении проговорил Кисельников, обнимая друга.— А вот уж шафером у тебя на свадьбе мне едва ли придется быть,— грустно добавил он.

Пришла очередь удивляться Евгению Дмитриевичу.

— Это почему?

— У тебя, друг, великая радость, а у меня великое горе. Вот прочти, прислали из коллегии.

Это было извещение военной коллегии, что Киселышков "из-за его зазорной и буйственной поведенции переводится в Энский пехотный полк тем же чином прапора, а как этот полк ныне на походе, то ему, Кисельникову, не мешало бы догнать его".

— Ай-ай,— покачал головой Назарьев.— Это все из-за дуэли. Бедный!

— Собственно, я-то не очень горевал бы: мне в Питере теперь житье трудное: все чуть не пальцем на меня показывают. А вот жаль огорчать отца. И еще есть у меня горе: знаешь, одна беда не приходит. Ты слышал, крымские татары ворвались в Россию?

— Слышал мельком. У нас не ждали, что турки так скоро начнут военные действия.

— Сорок тысяч ворвалось. Сожгли, пограбили, и как раз нашу елизаветградскую провинцию. Боюсь, не убили ли отца и... других там. Ведь татары изверги. А то в плен, может, увели. Так сердце тоскует.

— Полно! Может быть, все благополучно. Зачем напрасно тревожиться? А тебе кто говорил?

— Лавишев, а ведь он, знаешь...

— Знаю, что он часто пустяки звонит,— прервал Назарьев и поднялся: ему, счастливому, стало тяжело беседовать с опечаленным приятелем.— Мне пора!

Александр Васильевич не удерживал друга: его горе точно сильнее выделялось рядом со счастьем Назарьева.

"Не товарищ счастливец несчастному",— подумал он по уходе Евгения Дмитриевича, задумчиво глядя, как за окном в сером свете январского дня вились пушинки мягкого снега и медленно, но неустанно насыпали на подоконнике белую косую подушку.

Александр Васильевич был прав, говоря, что ему не удастся быть шафером на свадьбе Назарьева: уже через неделю он получил приказ отправиться догонять свой полк.

Проводить Кисельникова собрались только его близкие приятели: Лавишев, Николай Свияжский, Назарьев. Из них более всех грустил по отъезжавшем Николай Андреевич; быть может, это происходило от того, что и личная жизнь молодого Свияжского была очень невесела; Евгений Дмитриевич отдался своему эгоистическому счастью, и печали не было места в его сердце; Петр Семенович, по своей натуре, ко всему относился легко, и среди пирушек и забав вскоре потускнел в его памяти образ недавнего приятеля.

Перед отъездом Кисельников зашел и к Прохоровым. Сиротливо, пусто показалось ему в их убогой, но уютной лачужке: Маши уже не было. Она сдержала слово: обвенчалась с Ильей Сидоровым и последовала за молодым рекрутом в многострадальный путь женки солдатской.

Когда Александр Васильевич уезжал и за его санями

опустился шлагбаум заставы, он оглянулся на покидаемый город и… не почувствовал сожаления к нему: чужд ему был и остался Петербург со своей мишурой, интригами, поддельною жизнью. Впереди предстояла жизнь иная, трудная, быть может, полная лишений и страданий, но Кисельников готов был бороться и чувствовал в себе силы для борьбы.

И грезилось ему в грядущем тихое счастье с юной, милой, далеко оставленной Полинькой. Ее образ жил в его душе и согревал, наполняя сердце, как путеводный огонек. Даже тревога, что отец и она могли пострадать от набега крымцев, мало-помалу улеглась. Новоиспеченный армеец решил:

"Не те ныне времена, не может этого быть!"

XXI

Предлогом для объявления войны Турцией России был тот, что русские, преследуя мятежные польские отряды, перешли турецкую границу и сожгли пограничный город Балту. На самом же деле истинные причины возникновения войны крылись в происках французов и поляков, причем враждебные отношения между Францией и Россией возникли из-за Польши, которая как сама раздиралась усобицами, так и служила яблоком раздора для многих держав.

В конце 1763 года умер польский король Август III. Как обыкновенно бывало в Польше перед избранием короля, вся Речь Посполитая разделилась на партии, выставлявшие каждая своего претендента и враждовавшие между собою; в выборе партией того или другого кандидата на королевский престол немалую, если не главнейшую, роль играли щедрые подкупы со стороны иностранных держав, заинтересованных в польских делах, причем кандидатура того или другого избираемого часто поддерживалась вмешательством военной силы.

Екатерина II желала видеть на польском престоле графа Станислава Понятовского, которого лично знала, так как он в царствование Елизаветы Петровны жил некоторое время в Петербурге, принадлежа к составу английского посольства, и несколько времени был ее фаворитом. Это был один из самых блестящих людей своего времени, умный и рассудительный, одушевленный самыми благими намерениям, но, к сожалению, очень слабовольный.

Прусский король Фридрих II также согласился поддерживать Понятовского, и благодаря влиянию России и Пруссии Понятовский был избран 27-го августа 1764 года на Вольском поле в короли Польши, а 14-го ноября торжественно короновался в Варшаве.

Избрание короля не дало спокойствия злополучной Речи Посполитой: поддерживаемые Россией и Пруссией диссиденты,— находящиеся в подданстве польской короны православные и протестанты,— почувствовали почву под ногами и на сейме 1766 года потребовали себе равных прав с католиками. Однако сейм отверг это требование.

Тогда диссиденты и недовольные католики, чтобы достичь своей цели, образовали союз, так называемую кофедерацию, заседавшую в Радоме; во главе ее стал могущественный виленский воевода Карл Радзивилл; кроме радомской конференции (генеральной) образовались еще две меньших: в Слуцке под русским и в Торне под прусским покровительствами. На сейме в Варшаве 24-го сентября 1767 года, под давлением русских войск, было постановлено возвратить диссидентам их права. В феврале 1768 года между Россией и Польшей был заключен договор, в силу которого Россия ручалась за сохранение в Польше существующего порядка; таким образом, без вмешательства и согласия России не могло произойти в Польше никакой перемены. Иными словами, Россия стала властительницей Речи Посполитой.

Это положение Российской империи по отношению к Польше не могло нравиться другим державам; в особенности недовольна им была Франция, и благодаря ее стараниям в городе Баре была Красинским и Пулавским образована контрконфедерация, целью которой стала защита католической религии и свержение Августа IV.

Красинский явился в Версаль и сказал: "Я пришел бросить Польшу в объятия Франции!". Франция оказала помощь конфедератам, и они начали враждебные по отношению к русским действия; по призыву польского правительства Репнин выступил с войском против этих мятежников. В конце июля 1768 года русские взяли Бар, а 19-го августа — Краков. Конфедераты бежали в Турцию и в Венгрию.

Польские эмиссары и Франция, желая отвлечь Россию от Польши, деятельно старались заставить Турцию объявить войну; как раз на руку врагам русских пришел балтский инцидент, вызвавший большое раздражение среди турок; к тому же прежний визирь, противник войны и до некоторой степени доброжелатель России, был сменен, и его место занял человек совершенно других убеждений.

25-го сентября посол в Константинополе был позван на аудиенцию к новому визирю. Приветственную речь Обрезкова визирь прервал восклицанием: "Вот до чего ты довел!". И начал читать бумагу, дрожа от злости: "Польша долженствовала быть вольною державою,— значилось там.— Но она угнетена войском, жители ее сильно изнуряются и бесчеловечно умерщвляются. На Днестре потоплены барки, принадлежащие подданным Порты. Балта и Дубоссары разграблены, и в них множество турок побито. Киевский губернатор вместо удовлетворения гордо ответил хану, что все сделано гайдуками, тогда как подлинно известно, что все сделано русскими подданными. Ты уверил, что войска из Польши будут выведены, но они и теперь там. Ты заявил, что их в Польше не более семи тысяч и без артиллерии, а теперь их там больше двадцати тысяч и с пушками. Поэтому ты, изменник, отвечай в двух словах: обязываешься ли, что все войска из Польши выведутся, или хочешь видеть войну?"

Обрезков ответил, что он может обязаться, что по окончании всех дел в Польше русские совершенно очистят ее; в этом может поручиться и прусский посланник.

Русского посла удалили в другую комнату. После двухчасового ожидания к нему пришел переводчик с требованием, чтобы он обязался также, что русский двор "отречется от гарантии всего постановленного на последнем сейме и от защиты диссидентов, оставит Польшу при совершенной ее вольности". Обрезков отказался обязаться, так как мнение русского двора ему не известно; если Порта желает, то он сделает запрос в Петербурге. Но от него категорически потребовали дать обязательство, иначе быть войне. Посол отказался. Несколько времени спустя ему и одиннадцати членам посольства объявили, что они арестованы. Обрезкова схватили, посадили на лошадь, провезли через весь город сквозь многочисленные толпы народа и заключили в подземелье башни, куда свет проникал только сквозь единственное маленькое окно.

Этим событием началась война Турции с Россией.

Русские стали спешно делать военные приготовления, но полагали, что ранее весны Турция не приступит к военным действиям. Однако предположение не сбылось; 15-го января 1769 года крымский хан Крым-Гирей с семидесятитысячным войском перешел русскую границу у местечка Орел и вторгся в елизаветградскую провинцию, предавая все огню и мечу. Это вторжение замечательно тем, что оно стало последним в русской истории татарским нашествием.

XXII

Старик капитан Василий Иванович Кисельников, сделав обычный вечерний обход своего хозяйства, которое было не многосложно, однако все же требовало зоркого хозяйского глаза во избежание упущений, возвращался домой. Он был, несмотря на свои шестьдесят лет, бодр и свеж, хотя спина, правда, несколько ссутулилась, а заячий тулупчик, который он любил больше всяких шуб, в последнее время как будто стал казаться ему менее теплым. Из-под высокой бараньей шапки, сшитой из отборной домашней овчины, выглядывало сухощавое лицо, украшенное длинными, щетинистыми и колючими усами, которые капитан дозволял себе носить вопреки обычаю, по вольности дворянства; бороду он брил, но не часто, и седые иглы топорщились на подбородке. В одной руке старика была палка, в другой — чубук, который он то и дело прикладывал к губам, после чего выпускал синеватое облако дыма.

Подойдя к дому с густо покрытой снегом крышей и окруженному тесным кольцом изб, Кисельников вошел было на крыльцо, но остановился и обернулся. Вдали заходило солнце. Несмотря на половину января, в воздухе уже чувствовалась какая-то не зимняя мягкость, и огромные блестящие сосульки, свесившиеся по краям крыш, доказывали, что днем солнце работает усердно; чувствовалось, что здесь — не север, а благодатный юг.

"Слава Богу, как будто уже чуть-чуть весной попахивает,— думал старик, потягивая чубук.— Приходила бы поскорее!.. Зимой, слов нет, тоже не худо. Что же худого? Хоть бы, к примеру, сейчас. Погода — чего лучше: прогулялся, кости поразмял, а потом домой, чайком побалуюсь, ну и наливочки хвачу — пора бы мне оставить это баловство, старому греховоднику,— а там на теплую лежанку. Перина мягкая, лампадочки тихонечко светят. Сладко станет, так томно... А весной все же лучше. Птички одни... Хороший у нас край, добрый край! Ну, конечно, без труда да прилежания тоже ничего не выйдет".

И быстро пронеслась в памяти старика картина его первого приезда сюда.

Пусто, безлюдно. От деревни до деревни чуть не по сто верст. Народ разношерстный: и серб тут, и всякий иной. Не понравилось было Василию Ивановичу, но скрепил сердце, нашел бывалых людей, благо Елизаветград всего в трех верстах. Спросил совета, стал по малости заводить хозяйство. Людишек на выводе купил, жену с сыном выписал, и теперь хуторочек на заглядение. Деревенька стала хоть куда, вот и крест на колокольне блестит. Церковку-то уж после жениной смерти выправил.

Вспомнил капитан о жене, и лицо у него омрачилось.

"Эх, женка, женка! Была бы ты жива, мне бы и умирать не надо. Жили бы мы с тобою. И сын у нас молодец! — подумал он и снова поморщился.— Хотя не совсем".

Вспомнилось ему недавнее, крайне бестолковое, но беспокойное письмо Михайлыча.

"Н-да. На поединок с князем! Сорвиголова малый!.. Ну и на отдых не пойти ль?"

Издали донесся звон поддужного колокольца.

"Едет кто-то? Не ко мне ль? — подумал капитан и прислушался, пригляделся.— Да это Воробьевы".

Вскоре на широкой снежной равнине вырисовались запряженные тройкой сани, быстро приближавшиеся к усадьбе.

"Они и есть!" — распознал приближающихся Кисельников и крикнул:

— Игнат!

Из двери одной из лачужек, служивших жильем для рабочих, выскочил лохматый парень.

— Отвори ворота гостям,— приказал Василий Иванович.

Тройка уже была близко. Игнат побежал к воротам и широко распахнул их. Сани быстро въехали на двор.

— Наше вам,— сипловатым баском промолвил маленький, круглолицый старик, закутанный в волчью шубу.

Хозяин пошел к нему навстречу.

— Что запропал, Евграф Сергеевич? Каждый день я тебя поджидал. И что у тебя за дела такие? — заговорил Кисельников, тряся руку гостя.

— Ну; уж и заворчал! Экий нрав! Дела! А если у меня ломота? Полинька! Да чего ты там возишься?

129

Из саней неловко вылезала девушка, путаясь в длинном салопчике.

— Сейчас, папенька! — ответила она, и ее голосок прозвучал, как колокольчик. Из-под атласного капора лукаво глянули бирюзовые глаза, и она добавила, улыбаясь: — Я ведь не такая прыткая, как вы.

— Пойдемте, господа. Полинька, чайку не прочь? Или, плутовка, наливочки с нами, хе-хе? Как здорова, попрыгунья?

В сопровождении хозяина приезжие поднялись на крыльцо и, разоблачившись в небольших теплых сенях, прошли в жарко натопленную горницу, убранную просто, но с безукоризненной чистотой. Было немножко душно, пахло свежим хлебом. От лампад перед многочисленными иконами лился слабый желтоватый свет.

Евграф Сергеевич Воробьев, отставной прапор, оказался, когда скинул шубу, плотным, кругленьким человечком лет под шестьдесят, с веселым, гладко бритым лицом, украшенным двойным подбородком, и с маленькими, добродушными, заплывшими глазками.

Между двумя стариками Полинька выделялась как прекрасная роза среди увядшей крапивы. Девушка была очень хороша собою. Что-то вызывающее было в ее чересчур вздернутом носике, задорное и немножко грустное во взгляде голубых глаз; цвет лица мог поспорить белизной с мрамором; нежный румянец вспыхивал на щеках; губы так и манили к поцелую. Роста она была среднего, стройна, округлые формы, обрисовываясь из-под простенького темного платья, дразнили воображение.

— В самом деле, чего долго не приезжал, Евграф Сергеевич? — спросил Василий Иванович, когда гости расположились на самодельных стульях, а ключница старуха Мавра вместе с казачком Андрюшкой бренчали посудой, собирая на стол.

— Ей-Богу, правда, ломота одолела: просто сил нет. Надо думать, перемене погоды быть. Сегодня полегчало, ну и говорю: "Поедем, Полька, к приятелю!". Вот мы и здесь. Ну как живешь?

— Да так: ни шатко ни валко, ни на сторону. Мавра, скоро ты?!

— Пожалте к столу. Сейчас Андрюшка самовар подаст.

— Давайте закусим, и я с прогулки тоже не прочь. Ты, Мавра, подай варенья побольше малинового: Полинька любит. Ну, Господи, благослови! Подвигайся, Евграф, пропустим по единой травничку, а вот и грибочки.

Кисельников с приятелем выпивали, закусывали и вели бессодержательную беседу, чуть не каждое слово которой было давно знакомо Полиньке. Она не слушала их и сидела со скучающим видом. Все-то одно и то же, день один, как другой... Тоска!

"Будь здесь Саша, тогда иное дело",— мелькнуло у нее.

Эта мысль приходила в голову девушки при каждом приезде в усадьбу капитана, каждый раз заставляла ярче вспыхивать румянец и щемила сердце сладкой грустью.

Раз только во время стариковской беседы девушка вдруг насторожилась и вся обратилась во внимание: заговорили об Александре Васильевиче.

— От сынка нет ли вестей? — спросил Воробьев. Василий Иванович слегка нахмурился и сказал со вздохом:

— Сдается мне, с ним неладно что-то. Сам он ничего не пишет, только, что здоров, да поклоны посылает. А вот Михайлыч мне от себя дал весточку. Пишет бестолково и что-то такое несуразное: будто из-за какой-то девки Сашка с каким-то князьком повздорил.

Ложка, которой Полинька брала варенье, дрогнула в ее руках, лицо заметно побледнело.

— Скажи на милость! С этакой персоной, с князем, и из-за девки!..— подлил масла в огонь ее отец.

— Да мало того: на поединок с ним вышел и застрелил этого самого князя-то.

— Э-э! За такие дела не похвалят.

— Что говорить. Не знаю, ошалел Сашка, что ли? Непохоже на него. Сдается, Михайлыч что-нибудь напутал.

— Конечно, напутал,— воскликнула каким-то звенящим голосом Полинька, вдруг покраснев до корней волос.— Никогда не поверю, чтобы Саша... Чтобы Александр Васильевич в такие дела... На поединок из-за...

Она замолкла, совершенно смущенная. В глазах блеснули слезы.

— Та-та-та, как взъерепенилась, та-та-та! — не то с недоумением, не то с удивлением сказал ее отец.

Василий Иванович закивал ей с довольным видом.

— Верно, Полинька, верно! Не таков мой Сашка, чтобы из-за какой-то девки человека убивать. Вранье, вранье!

— Однако, так сказать, дыма без огня не бывает,— задумчиво промолвил Воробьев.

— Может, что-нибудь и есть, да совсем иное,— проговорил Кисельников и перевел разговор на какую-то хозяйственную тему.

Для Полиньки беседа стариков потеряла интерес, и она отдалась своим думам. Она была сильно взволнована известием и огорчена; ей было больно, словно ее ударили ножом, в душе царила неясная суета.

"Чтобы он, Саша, сделал такое... И из-за, из-за... этакой! Никогда не поверю! Или он, говоря мне о своей любви, лгал, только сыпал словами, а в душе думал не то? Но ведь это — ужас! Ведь тогда и жить не стоит. Боже мой! Возможно ли это?"

И в ее воображении пронесся образ молодого Кисельникова с его открытым лицом, с ясным взглядом.

"Нет, он мне не лгал, нет... Но ведь сердцу не прикажешь. Может, та-то, питерская, куда лучше меня".

Змея ревности так и ужалила, и шевельнулась жгучая злоба против "той", неведомой, но ненавистной.

"Пустяки! И чего я всполошилась? Придет время, узнаю все",— пыталась успокоить себя Полинька.

Вдруг среди раздумья до нее донеслись слова отца:

— Нет, ты не смейся, Василий Иванович: доподлинно известно, что татарва у границы собирается и уже пошаливать начинает.

— Ну и пусть пошаливают,— лениво цедил Кисельников, уже изрядно хвативший наливки и потому бывший хоть и в благодушнейшем, но сонном состоянии.

— А если они к нам ворвутся?

— Мы их в штыки да в сабли, хе-хе! Вспомним, как немцев били.

— Шути, шути, а как в самом деле случится, тогда, брат, будет поздно. Команд-то у нас в этих местах, кроме гарнизона в Елизаветграде, нигде нет. Им, разбойникам, это и на руку.

— Полно молоть! Не прежние сейчас времена. А вот что спать пора, это верно! — И Кисельников, зевнув, потянулся, после чего, позвав Мавру, приказал ей слать пуховички.

Старики расположились на покой в спальне Василия Ивановича, а для Полиньки была устроена постель в смежной комнате, куда притащила свою перинку и Мавра, чтобы барышне страшно одной не было.

Вскоре дом погрузился в тишину, среди которой гулко раздавались басистый храп гостя и тонкая фистула хозяина.

Полиньке не спалось. Она закутывалась поплотней в одеяло, нарочно не открывала глаза, но мысли, одна другой назойливее, так и теснились в голове, отгоняя сон. Лишь после долгих усилий она наконец впала в тяжелое забытье, полное смутных сновидений. То ей снился Саша, грустный, бледный, с упреком смотревший на нее, то грезились скуластые татарские физиономии, дико кричавшие, то что-то неопределенное, то страшное до ужаса.

Когда девушка очнулась, начинался рассвет. Все еще спали, кроме неутомимой Мавры, которая уже отправилась хлопотать по хозяйству, чтобы к пробужденью господ все уже было как надо.

"Поспать разве еще? — подумала Полинька и повернулась было на другой бок, но почувствовала, что не заснет.— Не стоит валяться. Встану".

Она начала медленно одеваться. Вечерней смуты как не бывало, на душе было спокойно и ясно.

Утро занималось доброе; загоревшаяся заря кинула розовый отблеск в комнату, и в этом розоватом свете стройная фигура девушки с рассыпавшимися по неприкрытым плечам золотистыми волосами была обворожительно прелестна. Вошедшая Мавра залюбовалась ею.

— Что ты за красоточка, барышня! Тебя бы за принца либо за королевича только и сватать. Что раненько поднялась? Ты бы...— начала было экономка и остановилась с открытым ртом.

Разом вздрогнули и старуха, и девушка: откуда-то издали донесся и потряс воздух какой-то отдаленный раскат грома, за ним — другой, третий — правильными перекатами, сливавшимися в один сплошной гул.

Мавра заахала, крестясь:

— С нами крестная сила! Что это? Да ведь это из пушек в городе палят.

Полинька стала дрожащими пальцами торопливо застегивать платье. Ей вспомнился вчерашний разговор, у нее мелькнула страшная мысль: "Татары!". И она с криком побежала в смежную комнату.

Старики уже проснулись и, переполошенные, поспешно накидывали одежду.

— Василий Иванович! — бормотал весь бледный Воробьев.— Палят... Я тебе говорил... Ах, Боже мой! Да где же мои сапоги?..

Кисельников в одном халате выбежал на крыльцо.

На дворе толпились полуодетые дворовые. Бабы хныкали.

— Ой, батюшка, родименький! Пропали наши головушки! Сейчас казак проскакал, говорил, татары к городу подошли. Тьма их тьмущая... Рыщут всюду, что волки.

Вздрогнул и побледнел Кисельников.

Мало-помалу на дворе столпились все обитатели дома.

133

Полинька жалась к отцу, как тростинка к крепкому дубу, но и сам этот дуб дрожал как осиновый лист.

Из деревни донеслись неистовый звук набата и дикие вопли. Было видно, как вспыхнула крайняя изба.

И вдруг вся равнина почернела от десятков всадников, словно выросших из земли. Воздух наполнился гортанными выкриками и фырканьем коней. С десяток желтолицых, скуластых всадников на поджарых скакунах примчались к усадьбе. Ворота выломали.

— Деревню жгут, проклятые! — в отчаянье воскликнул Василий Иванович, но тотчас же в нем страх заменился злобой. Он, быстро вбежав в комнату, схватил мушкет, который держал заряженным на случай, и вернулся обратно.

Татары уже ворвались.

— А, вы так! — пробормотал старик и прицелился.

Грянул выстрел. Не изменили рука и глаз старому воину: один из всадников схватился за грудь и тяжело рухнул с седла. Но через мгновение блеснула кривая татарская шашка над головой Кисельникова, и упал, как подкошенный, старик капитан, щедро орошая снег кровью из раскроенного черепа.

Полинька молилась, находясь как в чаду. Внезапно перед нею круто осадил коня широкоплечий богатырь татарин со зверским лицом и схватил ее за плечо. Она вскрикнула.

Евграф Сергеевич обеими руками уцепился за дочь, крича:

— Оставь, мерзавец!

— Ты, старая собака, молчи. А ты, красавица, не плачь! Мы тебя увезем, хану продадим. Будешь ты у него щербет пить, шелка носить. Тебе, душа, горевать не надо! — произнес татарин и, подняв девушку, как перышко, перекинул ее через седло.

— Отец! — отчаянно закричала Полинька.

— Зачем отец? Отец — старая собака. Куда его? Ему башку срезать надо,— сказал татарин и округлым, быстрым движением шашки снес голову старика Воробьева с плеч.

Полинька рванулась, дико вскрикнула и лишилась сознания.

Окончив грабеж, татары унеслись с быстротой ветра, оставляя следом дымившиеся деревушки и факелом горевшую скромную усадьбу Кисельникова.

Набег хана Крым-Гирея стоил елизаветградской провинции многих пленных, множества скота и до тысячи сожженных домов. Красивейших женщин хан отвез в дар султану.

134

XXIII

Перенесемся опять с далекой окраины тогдашней России в приневскую столицу.

Весной состоялась свадьба Ольги Свияжской с Евгением Дмитриевичем Назарьевым. В залитую огнями церковь Рождества Богородицы, где происходило венчание, съехалась вся петербургская знать; императрица прислала через флигель-адъютанта подарок молодым и свое поздравление.

Невеста дышала счастьем, о Назарьеве и говорить нечего, Свияжский-отец сиял и ходил гоголем; из всей семьи были только двое, не разделявшие общего довольства, а именно Надежда Кирилловна и... Николай Андреевич.

Мачеха улыбалась, и никто не знал, что у нее творится на душе; только неровное дыхание да лихорадочный, злой блеск глаз могли бы выдать ее волнение; но этого никто не заметил, и даже все решили, что она "поистине, не мачеха, а совсем-совсем как родная мать".

Невесел был и юный Свияжский. Он отнюдь не завидовал сестре, а наоборот, от всего сердца желал ей величайшего благополучия; но, по сравнению с ее счастьем, еще глубже, безнадежнее представлялось ему его собственное горе.

"Олечка счастлива, Бог неожиданно для всех устроил ее судьбу. Но мне и на это, на такое чудо, какое совершилось с сестрой, нельзя рассчитывать,— думал он.— Будем видеться, будем мечтать, пока хоть это можно, а там... Ох, лучше и не заглядывать вперед! Верно, выдадут Дунечку за какого-нибудь лабазника".

Тайные свидания с Дуней Вострухиной продолжались и были единственной отрадой для обоих влюбленных. На этих свиданиях молодые люди, словно по соглашению, говорили обо всем, кроме будущего, чтобы не омрачать выпадавших им на долю немногих светлых мгновений.

Вскоре и эти свидания должны были прекратиться: тучи уже сгущались над головой молодых людей.

Однажды весной, вскоре после свадьбы Ольги Андреевны, у Федора Антиповича Вострухина состоялся с сыном Сергеем важный разговор. Старик, недавно очнувшийся от послеобеденного сна, был занят выкладкой каких-то подсчетов, как вдруг к нему вошел Сергей и, с сердцем швырнув шапку на ближайший стул, взволнованно воскликнул:

— Ну что, отец? Я говорил, моя правда и вышла: видится Дуняшка с этим офицериком.

— Чего ты фордыбачишь? — окрысился отец.— Совсем заноситься стал. Толком говори, что такое?

— А то такое, что я сам видел, как подъехал верхом этот самый Свияжский, а к нему выбежала Дуняшка. Противно смотреть было, как они стали целоваться да миловаться. Уж не доведет ее до добра этот табашник!

— Что у тебя все за новые слова!.. "Табашник"! Стало быть, и я табашник, по-твоему? И откуда ты набрался?

— Познал я свет истинного древнего православия. Есть некие старцы и старицы. Чуждаются они мирской лепоты и соблазнов, живут по-христиански. Они меня и наставили, и утвердился я в их праведном учении. Вот что, батюшка — заговорил Сергей более мягким тоном.— Не учить я тебя хочу, а в самом деле добра от этого офицера мало будет.

— Оно верно, надо Дуняшку выдать.

Сын поморщился.

— Совсем нет. Брак — это тоже как кому. Да и лучше, если Дуняша не выйдет: могущий в себе вместити да вместит. А надобно ее наставить, оградить от зла. И нет на это, право же, лучше тех неких стариц и старцев. Не хочешь меня слушать, послушай хоть отца Никандра, он то же самое скажет. Ты меня посылаешь вот в Москву по торговым делам, позволь, я с собой Дуню туда возьму.

— Н-ну уж не знаю.

— Так нечто лучше ей здесь? Один соблазн. Сегодня вечерком придет отец Никандр, поговори с ним.

— Поговорить можно, отчего же,— согласился Федор Антипович и принялся за цифры.

Вечером был долгий и таинственный разговор с отцом Никандром. Уходя, старец заметил:

— Только дочке до поры до времени ни гу-гу: нечего ее смущать — еще, пожалуй, сбежит.

По его уходе Манефа Ильинична долго плакала и даже набралась смелости в чем-то возражать мужу, но он на нее зыкнул, и привыкшая к рабскому повиновению несчастная женщина замолчала.

Почти одновременно с беседой отца и сына Вострухиных произошел разговор, имевший важные последствия, у Андрея Григорьевича Свияжского с сыном Николаем.

Заметим кстати, что граф Никита Иванович Панин выказал себя действительно опытным царедворцем, решив, что рано или поздно граф Григорий Орлов настоит на отправке в

Черногорию князя Долгорукого. Так оно и вышло: было решено для противодействия самозванцу Степану Малому и снабжения черногорцев для борьбы с турками порохом, свинцом и оружием отправить генерал-майора князя Юрия Владимировича Долгорукого, в тайности, под именем купца Барышникова. Само собой, у этого мнимого Барышникова должны были иметься сотрудники — такие же, как и он, мнимые купчики. Этим и объясняется приводимая беседа Свияжских, отца и сына.

Как-то старик Свияжский позвал Николая Андреевича к себе в кабинет и встретил его словами:

— Ну, Николай, становись на колени да Богу молись: устроил и для тебя дельце, теперь пойдешь в ход. Слышал ты, что князя Долгорукого отправляют в Черногорию?

— Слышал что-то.

— Ну так ты с ним поедешь, я устроил.

— Да я вовсе и не желаю,— запротестовал Николай.— Зачем меня понесет в Черногорию?

— Зачем? — возмутился старик.— Экий олух, прости Господи! Да ведь это — счастье твое; ведь этакой благодати сколько народу добивалось, но я зубами для тебя вырвал. Ведь справите вы поручение надлежаще, так милостям к вам и конца не будет. А он "зачем"!

— Право, мне неохота.

— Слушай, Николай, ты хоть меня-то пожалей и не срами! Что люди скажут, если ты откажешься? Да и, наконец, это невозможно, невозможно отказываться от этакой благодати. Как хочешь, а ты должен ехать. Я настаиваю, иначе ты мне — не сын. Я хлопочу-хлопочу, а он — на! Глаза бы мои на тебя не смотрели. Едешь или нет? Не поедешь — между нами все кончено.

Николай Андреевич видел, что слова отца — не пустая угроза, что действительно приходится выбирать между согласием или ссорой с отцом на всю жизнь. И он покорился.

— Хорошо, отец, я поеду.

— Ну то-то же,— промолвил старый Свияжский.— Ведь я, голубчик, о твоем же благе хлопочу. Ступай с Богом: теперь ты меня утешил, и я спокоен.

На следующий день, около двух часов пополудни, Николай Андреевич подъехал к задней части владений Вострухина и, спрыгнув с седла, пошел, ведя коня в поводу, вдоль изгороди, уже успевшей украситься яркой зеленью акации. Он вглядывался в кусты, надеясь увидеть Дуню, но ее не было.

"Странно!" — подумал Свияжский и приостановился.

В стороне от него послышался звонкий смех, и из-за зелени выставилась прелестная головка его милой, украшенная венком из желтых цветов одуванчика.

— Хороша, а? На русалку, верно, похожа, ведь они, болтают, венки носят,— заговорила она смеясь.— А я поглядывала. Вижу — хмурится, хмурится. Не стерпела!

Две белых руки через изгородь обвили шею юноши. Он осыпал их поцелуями, а попутно — и розовые губы, и загоревшиеся румянцем щеки.

— Ты гадкий, сегодня долго не шел,— промолвила она, чуть-чуть отстраняясь.— Смотри, в другой раз попадет тебе.

Свияжский вдруг стал серьезен.

— Неприятность у меня, Дуня, то есть не у меня, а у нас с тобой,— тихо проговорил он.— Уезжать мне приходится.

Краска сбежала с ее лица.

— Уезжать? Куда? — чуть слышно спросила она.

— Ах, родная, далеко... Так далеко, что ты и представить себе не можешь. Есть страна, зовется она Черногорией, так вот туда.

— Боже мой! Кто же тебя посылает? И скоро?

— Через недельку так. Я сам горюю.

— Конец, значит! Угонят за тридевять земель! — И слезы, как росинки, покатились по щекам молодой девушки.

— Дунька! Мать зовет тебя,— раздался за ее спиной грубый окрик, и из кустов выступила длинная, мрачная фигура Сергея.— Иди, иди,— толкнул он сестру.— А вы, господин офицер, по задворкам ездите? Как будто их благородию не пристало.

Дуня, расстроенная, смущенная, тихо отошла от изгороди, умоляюще и скорбно посмотрев на Свияжского. У Николая Андреевича закипела кровь.

— А тебе что за дело? — спросил он, теребя хлыст.

— Да ведь я брат ее, и нехорошо, если ваше благородие девку путает, потому...

Хлыст со свистом прорезал воздух, и на лице Сергея заалел кровавый рубец.

— Брысь, гадина, да впредь мне на глаза не попадайся! — крикнул Свияжский, а затем вскочил в седло, посмотрел туда, где стояла, словно окаменев, Дуня, и, крикнув: "Завтра!", дал шпоры коню.

Сергей потер рубец и, злобно посмотрев вслед всаднику, прошептал:

— Будет тебе завтра гостинец!

138

Прошла ночь. Солнце чуть вставало, когда мать разбудила Дуню.

— Вставай, родненькая, пора! — говорила она всхлипывая.— Братец уже готов.

Девушка не могла сразу очнуться и тянулась к подушке.

— Что, маменька? Оставьте! — бормотала она.

Но Манефа Ильинична не унималась.

— Вставай, родная. Батюшка осерчает. Вот сарафанчик. Поди скорей, голубица, умойся на дорожку. Ах, ты моя сер-де-ш-ная, не-ес-счастная! — вдруг запричитала она, сжимая дочь в судорожных объятиях,

— Маменька, рано еще. И что такое? — воскликнула Дуня, и хотя не понимала, в чем дело, но тем не менее оделась, прошла на кухню помыться и вернулась освеженная.

Мать была еще в спальне.

— Маменька, зачем вы меня подняли так рано? — стала допытываться девушка, вытирая грубым холстинным полотенцем румяное лицо, еще хранившее слабые следы сна.

— Ох, красоточка! Тятенька все скажет,— застонала мать.— Увозят тебя, отнимают. Что я сделаю, горемычная? В этом сундучке вещицы твои. А вот здесь, в узелочке, я тебе кое-что припасла: захочешь пожевать в дороге, так тут расстегайчики, ну и там всякое... Горе-то, горе какое!

Девушка начинала волноваться.

— Увозят? Как так? — воскликнула она.— Ничего мне не говорили.

— Они все между собой. Постник этот особенно всех сбивает. Ну и Сергей.

Дверь распахнулась, и на пороге предстал Сергей в кафтане, с шапкой в руке, в больших дорожных сапогах.

— Скоро ли? Ждем, ждем,— грубо сказал он.— Тятенька сердится. Обряжайте ее, маменька, скорей! — И вышел, сильно хлопнув дверью.

Манефа Ильинична заторопилась.

— Заплетай косу поскорей. Где платочек для головы? Ах, Боже мой! Накидывай кофту-то! Пойдем, доченька, пойдем, родимая! — И она потянула Дуняшу к двери.

Та растерянно следовала за ней, как автомат. Их ждали. Отец встретил возгласом: "Наконец-то!". А потом добавил:

— Ну, помолиться, да и в путь-дорожку.

— А что же, и пора: утречком-то легче ехать, чем по жаре,— заметил сидевший тут же Никандр.

— Тятенька! Что такое, понять не могу! — воскликнула Дуняша.

— Понимать нечего: Сергей едет в Москву и тебя с собой берет.

— В Москву?!

— Ну да... К... тетушке.

— Да какая же там тетушка?

— А такая... Вот увидишь. Нечего тебе тут околачиваться. Делаю это не зря, а ради твоего исправления, потому что мне за тебя придется Богу ответ давать.

— Тятенька! Добренький! Не посылайте меня в Москву,— взмолилась дочь.

— Ни-ни, и не проси! Делаю, добра тебе желаючи. Поживешь с людьми благочестивыми, наберешься ума-разума, тогда и вернешься.

Дуняша глухо застонала и расплакалась. Однако на ее слезы никто не обратил внимания, только Сергей злорадно усмехнулся.

Как сквозь сон слышала Дуняша причитания матери, глухой голос отца. Сильные руки подхватили ее, вывели и посадили в дорожный рыдван. Щелкнул кнут, и экипаж покатил.

Свежий утренний ветерок заставил девушку очнуться от ее полубесчувственности. Прямо против нее сидел в рыдване отец Никандр и перебирал лествицу (кожаные четки у раскольников), беззвучно шевеля губами. Рядом с ней помещался брат. Он казался более веселым, чем всегда. Экипаж быстро катился по уходящей вдаль бесконечной, пыльной, залитой солнцем дороге. Поняла Дуняша, что дорога эта ведет ее к новой, неведомой и страшной жизни, и слезы опять полились из ее глаз.

— Сереженька! Куда же это меня? — спросила брата молодая девушка.

— К добрым людям, чтобы тебе баловаться неповадно было,— насмешливо ответил тот.

К вечеру остановились на ночлег, однако не на постоялом дворе, а в уединенно стоявшем в стороне от большой дороги доме, где вышедший им навстречу угрюмый мужик в долгополом темном кафтане встретил старца Никандра чрезвычайно почтительно и подошел к нему под благословение.

Потрапезовали, и перед отходом ко сну между хозяином, Никандром и Сергеем началась "душеспасительная" беседа, где часто упоминалось, что "вера ныне пестра" и что единое средство ко спасению — это переправиться в древнее, истинное православие.

140

Дуняша сидела в стороне. В беседу она не вникала; только звук гнусавого голоса Никандра достигал ее слуха и еще более усиливал тоску. Она все более понимала, что свершилось нечто роковое, что ее жизнь переломилась, что относительно счастливое прошлое погибло безвозвратно. В ее воображении восстал дорогой образ Николая Свияжского. Он манил ее, звал к себе, печальный, страдающий.

И вдруг в самый разгар оживленнейшего разглагольствования отца Никандра глухие рыдания вырвались помимо воли Дуняши из ее стесненной горем души. Старец прервал речь, нахмурился и, подойдя к ней, разозленный и бледный, сурово сказал:

— Вот тебе сказ, девка: эти свои глупости ты брось! Будь тише воды, ниже травы. Смири своего духа лукавого, а не то придется тебе изрядно отведать моей лествицы! — И он с самым недвусмысленным видом помахал четками.

Дуняша в испуге отстранилась и, подавив рыдания, замерла, полная безысходного отчаяния...

А в Петербурге, приехав на другой день к заветному местечку, Николай Андреевич напрасно поджидал Дуняшу.

"Сторожат. Не пустили,— подумал он, в сотый раз проклиная свою горячность и глубоко раскаиваясь, что оскорбил Сергея, что при нем крикнул: "Завтра". Ей же, голубке моей, сделал хуже!"

Он решил не заезжать к Вострухиным, а приехать на следующий день, надеялся, что, быть может, завтра Дуняше удастся прибежать.

Но и на другой день повторилось то же самое.

Тогда Свияжский, скрепя сердце, заехал в дом Вострухиных в качестве гостя. Федор Антипович встретил его со своим обычным подобострастием.

— А, гость дорогой! Что давно не заглядывали? Скучать мы стали. Я уж и то у его превосходительства спрашивал: здоров ли сынок-то? "Здоров", говорят. Дождались, наконец, праздничка. Мать, встречай гостя!

— Приехал я к вам прощаться,— сказал Свияжский, посидев некоторое время и прислушиваясь, не раздастся ли голосок Дуняши.

— Уезжаете? Да с чего же это вы нас покидаете?

— Служба требует.

— И далеко изволите ехать?

— Слыхали, страна есть, зовется Черногорией? Близко к Турции. Так вот туда.

— Фью! Не ближний свет. Папаша-то, поди, горюет.

— Н-да. Так вот прощаться. А где же теперь Авдотья Федоровна?

— Дуняшка-то? Уехала она.

Молодой офицер не поверил своим ушам.

— Да когда же уехала?

— А вчера поутру отправили. Чего ей зря болтаться здесь? Опять же в деревне благорастворение воздухов, для здоровья полезно.

— Для здоровья полезно... Да,— пробормотал Николай Андреевич.— Ну, прощайте,— вдруг поднялся он, будучи не в силах сдерживать свое волнение, и почти выбежал из комнаты.

— Ишь, каким турманом вылетел,— пробормотал Вострухин, провожая его насмешливым взглядом.

Вскочив на коня, Николай Андреевич понесся с быстротой ветра. Грудь его рвалась от тоски, а мозг жгло одно роковое слово: "Кончено!".

Счастье, даже то маленькое счастье, миновало, впереди — ничего, пустота.

Если бы ему не надо было уезжать, то он, быть может, разыскал бы Дуняшу, дознался бы, где она, а теперь он бессилен, он не может бороться.

Приехав домой, Николай Андреевич, шатаясь, прошел в свою комнату, и, бросившись лицом в подушку, зарыдал как ребенок.

XXIV

Путешествие, предстоявшее князю Юрию Владимировичу Долгорукому и его спутникам, было не из легких; проникнуть в Черногорию можно было только через венецианские владения, через Каттаро. До Венеции князь добрался благополучно, но далее предстояло преодолеть трусливость венецианского сената, который боялся, как бы республика не была вовлечена в борьбу с Турцией.

"Царица Адриатики" была не прежней могущественной и страшной владычицей морей — это было разлагающееся государство. "Венеция,— пишет историк,— боялась всех и всего: боялась Турции, Сардинии, Австрии, теперь сильно боялась России, боялась движения, вносимого последней в славяногреческий мир, боялась потому восстания своих славянских и греческих подданных". Маркиз Маруцци, русский поверенный в делах, внушал венецианцам, как выгоден для них союз с Россией, но тщетно. Венецианцы рассуждали логично: Россия далеко, а Турция близко; прежде чем русские успеют прийти на помощь, турки разгромят республику. Впрочем Маруцци успел достигнуть одного: князя Долгорукого наконец пропустили в Черногорию.

Прибывший вместе с ним Николай Свияжский и под южное небо перенес свою северную тоску. Скользя в гондоле по Большому каналу в Венеции и слушая песню гондольеров, подмечая жгучие взгляды чернооких красавиц, любуясь глубиною синевы итальийских небес или восхищаясь зеленоватой, прозрачной волной моря, он все вспоминал покинутый студеный север, его бледно-голубые, бездонные небеса, шепот родимых лесов и... златокудрую голову голубоокой девушки. Николай Андреевич вовсе не был героем, Чайльдом Гарольдом, страдающим великой скорбью, нет, он был обыкновенным заурядным смертным, сыном своей страны, малоспособным на порывы, но умеющим глубоко и сильно любить. Его сердечная рана точила кровь неустанно, и тупою болью постоянно ныла душа.

В момент, когда застает Свияжского наше повествование, он находился в обстановке, которая могла ему прежде пригрезиться только во сне. Темные скалы нависли над глубокими пропастями. Под лучами заходящего солнца отдельные выступы утесов блистали так, что больно было глазам, а рядом протянулись, залегли лиловые тени. Обширная площадь была вся стеснена насевшими на нее горами, и, казалось, вот-вот сдвинут и раздавят они ту толпу людей, что волновалась, наполняла говором воздух, сверкала оружием, пестрела яркими одеждами.

Толпа была интересная: смуглые усатые лица, горячие черные очи. Среди нее находилось немало и женщин. Одна из них, тонкая в талии до того, что, казалось, вот-вот переломится, положила свою до половины обнаженную руку на плечо Свияжского и, мешая сербскую речь с русской, страстным шепотом промолвила:

— Нет, Николай, не смотри так сердито, ты ведь придешь к твоей Драгине. Слышишь: к твоей. Или у тебя в жилах не кровь, а вода? В винограднике буду ждать, как блеснет вот там, где солнце встает, первая ясная звездочка, приходи, Николай!.. Драгиня помрет без тебя.

— Оставь, погоди! — не без досады отстранился от нее Свияжский.— Тут важное дело, а ты...

— А мое не важное? — И девушка в сердцах так тряхнула черновласой головой, что украшавшие ее в виде венка подвески над о лбом и над ушами зазвенели.

— Что ты тут делаешь, Драгинька? — раздался над ее ухом резкий шепот.

Она обернулась, и на ее прекрасном, как будто отлитом из бронзы, лице отразилось явное неудовольствие.

— Что тебе, Данило? Оставь меня! Или Вуковичи уже и на женщин нападают? — резко спросила она.

Высокий, плечистый красавец черногорец обдал ее загоревшимся взглядом.

— Вуковичей знают мужи: ятаган Вуковичей не раз заставлял их трепетать от страха, а женщинам они только дарят любовь.— Голос черногорца стал нежным.— Драгиня! Отчего ты такая сердитая и все гонишь меня прочь? Неужели я хуже этого белолицего русского, которого я уложу одним пальцем? А умеет ли он так драться на ножах, ятаганах и саблях, как я? Умеет ли без промаха бить ласточек пулей на лету? Конечно нет!..— Его лицо приняло презрительное выражение.— Ему только чужих девок бивать, да бабам петь песни, когда они сидят за пряжей. Хочешь, я вызову его на бой на выступе скалы, и он струсит, хочешь? А я отрублю ему голову. Хочешь?

И нехорошим огнем вспыхнули глаза Данилы, как у тигра, почуявшего кровь. Драгиня вздрогнула.

— Я знаю, что ты смелый и искусный боец, что ты убил многих юнаков. Но этого русского не смей трогать!..— проговорила она, и в ее голосе дрогнула умоляющая нотка.

— Нет! Трону! — угрюмо ответил Данило.

Свияжский, до сих пор равнодушно обозревавший толпу, и, кажется, вовсе не обращавший внимания на разговор, происходивший за его спиной между Данилой и Драгиней, вдруг обернулся к ней.

— Я пойду туда, к нашему князю. Пора,— сказал он.— Вот и ваш Степан едет. Ба! И ты, Данило, здесь? Здравствуй.

— Здравствуй,— ответил тот нехотя.

— Береги тут Драгиню, а я проберусь туда.— Свияжский указал на обширную площадку монастыря Бурчела, где на разостланных коврах стояло несколько кресел, в которых уже восседали митрополит Савва с духовенством, а несколько других кресел, равно как выделявшееся из всех высокое, раззолоченное, оставались пустыми.

— Поберегу,— уронил по-сербски черногорец.

Во время пребывания в Черногории слух Николая Андреевича уже привык к сербской речи, и он довольно свободно понимал ее.

— То-то же! А то здесь, знаешь, какой народ,— промолвил Свияжский и стал пробираться сквозь толпу, чтобы присоединиться к свите князя Долгорукого, только что показавшегося из архимандритских покоев.

В то время престиж России в Черногории был чрезвычайно велик. В ней видели могущественную, единоверную и единоплеменную страну, защитницу свободы и православной веры от насилия османов. Поэтому неудивительно, что посол русской государыни пользовался чуть не царскими почестями, и в стране, переполненной насилием, все повиновались одному слову его, прибывшего даже без вооруженного конвоя и, в сущности, совершенно беззащитного.

Навстречу князю Долгорукому выступил владыка Савва с крестом в руке, поднялось духовенство, и затрепыхались в легком ветерке знамена церкви — хоругви. Князь приложился к кресту, сел в приготовленное ему раззолоченное кресло; свита, очень немногочисленная, а в числе ее и поспевший вовремя Свияжский, последовала его примеру.

Все повернули головы в ту сторону, откуда приближалось шествие. Там виднелись всадники. Впереди на горячем, сухом коне ехал человек лет тридцати пяти, белолицый, в длинной белой тафтяной одежде; его голова была прикрыта красным колпаком, из-под которого выбивались курчавые темно-русые волосы; с левого плеча наискось протянулась позолоченная цепь, на которой, под правой рукой, висела небольшая икона. Толпа перед ним почтительно и даже благоговейно расступилась. Остальные всадники казались самыми заурядными черногорцами.

Ехавший впереди был Степан Малый — человек, непонятый своими современниками, да и до сих пор неразгаданный: не то авантюрист, бродяга-самозванец, не то реформатор.

Приблизившись к ожидавшим его, он ловко спрыгнул с седла и низко поклонился князю Юрию Владимировичу, приложив, по восточному обычаю, руку ко лбу и сердцу, на что тот ответил, не вставая, небрежным кивком.

Степану поставили стул как раз против долгоруковского кресла. Он расположился довольно свободно, вынул кисет, и тотчас же явились двое слуг, из которых один подал ему трубку с длиннейшим чубуком, а другой поднес на ярко расписанном подносе два графина и стакан: в одном графине была водка, в другом — вода.

Степан неторопливо налил три четверти стакана водки, остальное долил водой и, потягивая эту смесь, начал беседу, попыхивая табачным дымом.

О том, какова была эта беседа, предоставим слово самому князю Долгорукому: "Разговоры имел темные и ветреные, из которых, кроме пустоши, ничего заключить не можно".

Если из своей беседы с самозванцем, беседы очень непродолжительной,. Долгорукий вывел о нем заключение как о пустом человеке, то ему показалось достаточно заслуживающим внимания огромное почтение, каким окружали Степана черногорцы. Это почтение показалось князю опасным, и он счел нужным принять своя меры против него.

— Ты вот что, Степан: приезжай в Цетине; созовем мы там народ и потолкуем. А теперь прощай,— сказал Юрий Владимирович, мужчина под пятьдесят, с энергичным и суровым лицом солдата, и поднялся с кресла.

Степан привстал и, низко поклонившись, произнес звонким, действительно похожим на бабий, голосом:

— Слушаю, князь!

Долгорукий проследовал в монастырские покои, часть его свиты удалилась вместе с ним, а часть разбрелась.

Свияжский остался на своем месте и наблюдал за Степаном Малым, который, по уходе Долгорукого, продолжал сидеть на стуле, покуривая и потягивая из стакана. Николай Андреевич посматривал на его бледное, кроткое лицо и все более утверждался, что Степан далеко не опасен и что он вовсе не то, кем его хотят изобразить: возмутителем народа, злодеем-самозванцем и так далее.

Как будто в подтверждение его слов, раздался тихий голос Степана.

— Что, друзья, что, братья мои? — обратился он к черногорцам, обступившим его тесной толпой.— Вес еще между вами рознь, и льете вы кровь братскую? Так ли?

Пролетело мгновение молчания, а затем сперва отдельными выкриками, потом сотнями голосов прозвучало:

— Так, батька милостивый! Так.

Снова послышался бабий голосок самозванца:

— А разве это хорошо? Пока вы ссоритесь, придут янычары и зарежут ваших жен и детей. Говорил я вам: оставьте раздоры, и тогда станете сильны, и никто не будет вам страшен. И наступит мир Христов... Юнак, ты на меня что-то сильно таращишь очи? Не по сердцу тебе моя речь, у тебя на уме недобрые мысли,— внезапно обратился Степан Малый прямо к одному из обступивших его черногорцев.

Этот юнак был Данило. Он смущенно потупил глаза и промолчал.

— Ты хочешь крови, парень. Да? Кровью не купишь добра,— продолжал Степан и вдруг поднялся.— Ну, пора и мне в дорогу.

Ему подвели коня. Он ловко вскочил на седло, гикнул и помчался с быстротой ветра. А вслед ему неслись восторженные клики.

И понял Свияжский, что этот человек если и был вождем толпы, то побеждал ее исключительно своей нравственной чистотой. Он, мягкий и кроткий, именно благодаря этому стоял неизмеримо выше, чем его соотечественники, и только в этом крылась тайна его влияния на них.

Толпа расходилась, шумно говоря, звеня ятаганами, кинжалами, пестрея одеждами.

Свияжский вмешался в толпу и стал пробираться к своему жилью, которое состояло из маленькой мазанки, приютившейся, как ласточкино гнездо, на выступе скалы. Хозяином этого убогого жилища был седой Марко Никешич, отец Драгини, славившейся далеко окрест своею красотой.

Всего несколько недель жил здесь Николай Андреевич, но уже успел сам полюбить свое жилище-"гнездо", как он выражался, и приобрести любовь и ненависть.

Свободны, непокорны горные газели — черногорские девушки! Ни отец, ни брат, ни обычай не могут помешать черногорке любить того, кто ей пришелся по сердцу. Явится она к старшим, тряхнет волною темных как ночь волос, зазвенит монетами, украшающими ее юное чело, и смело скажет:

— Я люблю этого юнака. Хочу быть его женой...

А юнак поклонится, сверкнет рукоятями оружия, отделанного серебром, и промолвит:

— Мне, горному соколу, нужна соколиха. Нашел я себе подругу, отдайте мне ее.

Тут же он развернет и подарки: для отца девушки — узорный кисет и добрый ятаган, отбитый у турок, а для матери — пеструю шаль, приманчивые мониста.

Усмехнется отец, седой черногорец, пыхнет трубкой и пробасит:

— А что же, он — добрый юнак. Не отдать ли и в самом деле ему дочку?

— Отдадим. Только пусть он мне еще кизилбашский платок добудет,— ответит мать.

Юнак низко поклонится.

— Будет у тебя, матушка, кизилбашский платочек.

Сговор кончен.

Так было бы, вероятно, и с Драгиней, на которую уже давно поглядывал красавец богатырь, вояка Данило Вукович, если бы не приехал нежданный гость из полуночной страны.

Забрался к себе "в гнездо" Свияжский, разлегся на плоской крыше под протянутым над нею, защищающим от солнца холстом, стал смотреть на пестреющую внизу толпу и вспоминать очень близкое прошлое:

"С первого дня полюбился я Драгиньке. Почему? Тут ли нет красавцев? Что юнак — то богатырь. А я больше других приглянулся ей. Данило ревнует и злится. Понимаю его. И я бы злился, если бы так повела себя моя Дуняша.— Он вздохнул.— Дуняша! Свидимся ли когда?— Защемило сердце тягучей тоской.— Приеду — разыщу. А пока... Драгиня звала меня сегодня на свидание. Она славная девушка и любит меня, ох, как любит! Сама и сказала, у них это в обычае. Красивая девчонка: глазами сверкнет, так обожжет. Пойти сегодня или нет? Игрушка ведь, только игрушка. Пойду, отчего же не пойти".

— Николай, иди вечерять. У нас и добрая водка есть,— крикнул снизу басистый голос отца Драгини.

— Спасибо, сейчас.

Николай Андреевич спустился вниз и принялся в полутемной избе, озаренной только светом крохотного оконца и трепетным огнем очага, с аппетитом глотать приготовленный по-турецки жирный плов и запивать водкой, от которой голова туманилась и огонь разливался по жилам.

Драгиня была весела, шутила, смеялась, и ее белые зубы сверкали, как жемчуг.

Поужинали, а край солнца еще горел над горизонтом, разбрасывая на облака кровавые блики.

Когда Свияжский поднялся из-за стола и направился к себе, то есть в отведенную ему маленькую каморку, сплошь увешанную пестрыми пушистыми коврами, в которой единственной мебелью служили мягкие подушки, Драгиня догнала его и, дотронувшись до плеча москаля, тихо спросила:

— Придешь в виноградник?

Николай Андреевич посмотрел на нее. Было что-то жалкое, умоляющее в прекрасном лице девушки; ее гордые брови скорбно сдвинулись. В Свияжском проснулся мужчина, заиграла молодая кровь.

— Приду, птичка моя, приду,— тихо ответил он, наблюдая, как посветлело, словно озарилось смуглое лицо Драгини.

Он пошел к себе и лег на мягких подушках. Негу и лень навевала восточная обстановка, водка несколько отуманила мозг. Не хотелось ни двигаться, ни думать, хотелось только безмятежного покоя. И Свияжский отдался сладкому состоянию сонного полубытия.

Доносившиеся извне звуки замирали. Слышно было, как, звеня колокольцами и громко блея, прошло стадо коз, как прозвонили в монастыре к вечерне, как прошли с громкими песнями компании юнаков. Где-то вдали затих их смех, и все замерло в тишине и покое; только откуда-то из темного ущелья доносилось протяжное гуканье ночной птицы, почуявшей приближение своего темного царства.

"Будет валяться!" — сказал сам себе Свияжский, пересиливая неожиданную апатию.

Он встал, облил лицо, шею и грудь водою из длинногорлого кувшина, похожего на древнеэтрусский, и почувствовал себя бодрым, сильным. Щемящая тоска куда-то отлетела, молодое тело было полно жизни.

"В виноградник... Пойдем в виноградник!" — подумал он, и при этом из сумрака всплыли, глянули черные очи Драгини, зажигая кровь.

Николай Андреевич надел кафтан, прицепил шпагу и вышел.

Вершины утесов еще ярко рдели в румянце зари, а внизу, в долинах, клубился туман, все выше и выше, как щупальца, протягивая узкие полосы, белевшие в сгущающихся сумерках. Извилистой, узкой тропкой пошел Николай Андреевич вниз, к ущелью, где раскинулся виноградник, прилепившийся к черным скалам и сплошь захвативший их в свои цепкие, змеиные объятия, и вскоре вступил в полосу тумана.

Вдруг легкая, как газель, выскользнула из чащи виноградника стройная черногорка, восклицая:

— Москаль! Николай!

Крепко обвили его стан мягкие, горячие руки, жарко прильнули уста к его губам.

— Николай! Юнак мой! Богатырь мой,— лепетала красавица.

В сильных, стальных объятиях сжал ее Свияжский. Страсть захватила. Горячая волна прилила к сердцу.

— Драгиня! Хорошая моя...

Девушка так и припала к нему в страстном экстазе.

— Бери меня, свет очей моих!.. Твоя я... Твоя гордая Драгиня,— шептала она, положив голову на его плечо.

— Ай да москаль! — раздался за ними злобный возглас. Молодые люди обернулись.

В сумраке темным силуэтом вырисовывалась высокая фигура Данилы Вуковича.

— Ай да москаль! — повторил черногорец.— Мастер кружить голову глупым девчонкам. Да и чего же? Не опасно, для этого смелости не надо.

Свияжский был в особенном, приподнятом настроении; он готов был на безумную борьбу, готов был играть своею жизнью; что-то могучее и страшное поднималось в груди. Он готов был весь свет вызвать на бой, но не отдать этой девушки, которая испуганно прижалась к нему и биение сердца которой он слышал. Нахлынул какой-то странный задор.

— У меня смелости довольно, Данило, чтобы проучить и таких парней, как ты,— ответил он, выпрямившись и смотря в упор на Вуковича.

— Ой ли? Вот как? — злорадно воскликнул черногорец.— Видишь эту скалу? — добавил он, указывая на островерхий утес, горевший в пурпуре зари.

— Ну вижу.

— Там место только для двоих. Если там сражаться, то раненый должен упасть вниз и разбиться об острые камни. Если ты так храбр, то пойдем туда и подеремся на ятаганах или саблях,

— Ни на ятаганах, ни на саблях. У меня с собою только боевая шпага; я готов ею биться с тобой.

— Николай! Москаль! Он убьет тебя. Он нарочно вызвал... Николай, не ходи! — воскликнула Драгиня, ухватившись за одежды Свияжского.

— Против твоей шпаги у меня сабля. Идем? Или тебе удобнее остаться с нею? — с насмешкою промолвил Данило.

— Оставь, Драгиня, я не девочка. Надо показать ему, как бьются москали. Пойдем, Вукович, пойдем! Моя шпага научит тебя многому! — воскликнул Николай Андреевич с несвойственной ему ажитацией.

— Научишь меня, Данилу Вуковича? — громко расхохотался черногорец.— Идем! Взгляни в последний раз на свою Драгиню.

— Москаль! Москаль! — взывала черногорка. Однако соперники уже взбирались на кручи.

Вскоре все обитатели монастыря Бурчела обратили внимание на две мужские фигуры, показавшиеся на вершине гигантского утеса, озаренного отблеском заката. Видели, что в руках у них сверкает оружие.

— Да ведь то Вукович бьется с приезжим москалем! — с удивлением восклицали черногорцы.

— Значит, конец москалю. Разве против Данилы кто устоит?

Чуть слышно долетал до низу лязг оружия. Сотни глаз с напряженным любопытством следили за бойцами. Драгиня стояла как окаменевшая и шептала молитвы.

Вдруг единодушный крик десятков голосов потряс воздух: все видели, что сабля Вуковича, словно вырванная таинственной силой, вылетела из его руки и, сверкнув, упала в пропасть, а москаль быстро, как молния, концом шпаги что-то сделал с лицом Данилы, потом вытер клинок и, смеясь, стал спускаться с горы. Вукович замер на месте, а на его лице виднелся яркий крестообразный кровавый рубец. Искусство победило силу: опытный и отличный фехтовальщик, Николай Андреевич сумел шпагой парировать бешеные удары сабли противника и наложить позорное клеймо на лицо черногорца.

Драгиня встретила его трепещущая от счастья.

— Москаль! Николай! — лепетала она, ласкаясь к Свияжскому, и он возвращал ей ласки.

А несколько часов спустя, когда прошел пыл юного возбуждения, Николай Андреевич сам себе удивлялся, лежа в своей каморке: этот поединок, ласки Драгини...

"И ведь не люблю, не люблю ее!" — думал он.

Совесть больно уколола его, перед ним пронеслась бледная, страдальческая тень Дуняши.

XXV

6-го августа в Цетине тянулись целые толпы черногорцев всякого возраста: всем было известно, что предстоит народное собрание для суда над Степаном Малым.

Губернатор, двадцатилетний юноша, который, в сущности, и являлся единственным властителем, как сообщает Долгорукий, донес князю, что Степан возмущает народ, и

Юрий Владимирович решил разом покончить вопрос о надоевшем ему самозванце. На народном собрании он властно приказал заключить Степана в тюрьму за непотребные речи.

Малый безропотно подчинился этому требованию. Он выколотил трубку, встал и сказал;

— Ведите!

Несколько вооруженных людей отвели его в тюрьму. Черногорцы, еще так недавно повиновавшиеся малейшему его слову, не протестовали.

Но вскоре Долгорукий сам раскаялся в своем решении, и его взяло сомнение, точно ли так виноват Степан. По удалению Малого в стране наступила полная анархия; губернатору никто не повиновался, владыки Саввы не слушали. Кровная месть, которую старался вывести Степан из народных обычаев, снова вошла в полную силу. Очевидно, влияние самозванца было только благотворным. Долгорукого взяло раздумье.

— Ты вот что,— сказал он как-то Свияжскому.— Сходи-ка к этому, к Степке-то, в тюрьму да порасспроси его хорошенько.

Приказание надо было исполнить.

При трепетном свете факела, который держал тюремный сторож, в душной, донельзя грязной камере Свияжский увидел недавнего черногорского народного вождя. Малый поднялся с груды прогнившей соломы; Николай Андреевич, взглянув на его бледное, изможденное лицо, ожидал жалоб, но вместо этого услышал только:

— Нет ли, москаль, у тебя табачку?

Юный офицер сел на единственный имевшийся в камере табурет и более часа провел в беседе со Степаном; результатом ее явилось его твердое убеждение, что этот человек ни в чем не повинен.

— Что посадили меня в тюрьму — это ничего,— говорил Степан.— А вот как мои детки черногорцы? Небось опять заведут кровавые свары, начнут резать друг друга. Вот о чем болит моя душа. Хотел я учинить мир между ними, покончить с разладицами... Не удалось, стало быть. Жаль. Меня в самозванстве винят. Бог мой! Да когда же я себя именовал великим императорским именем? Чиста моя душа, и хотел я одного: водворения мира Христова.

Свияжский вернулся к князю Долгорукому взволнованным.

— Если этаких людей по тюрьмам держать, так и мне с вашим сиятельством давно надлежало бы в остроге быть,— несколько резко сказал он.

— Так,— протянул Долгорукий.— Подумаем.

На другой день Степан Малый не только был освобожден из тюрьмы, но, от имени императрицы, был поставлен начальным человеком над черногорцами.

Дело, худо или хорошо, было исполнено, и князь Юрий Владимирович собрался уезжать. Собирался и Свияжский, но в последнюю ночь перед отъездом, когда он на объятой сном улице прощался с плачущей Драгиней, пробравшейся за ним в Цетине, высокий человек, выскочив из-за угла, всадил ему по самую рукоять нож в грудь, и убежал, крича со смехом:

— Это тебе за мои царапины!

Свияжского, окровавленного, полумертвого, перенесли в его помещение; к утру он пришел в себя, но ехать ему не было возможности.

— Мы тебя, братец, здесь оставим,— решил Долгорукий.— Поправишься — доберешься до России. А государыне я доложу: она тебя, матушка, милостью своей не забудет.

Долгорукий уехал; Николай Андреевич был бы совершенно одиноким, покинутым в чужой полудикой стране, если бы не Драгиня.

Черногорка, во-первых, отомстила Вуковичу: она явилась к Степану Малому и подробно рассказала о постыдном поступке Данилы. Результатом этого был жестокий приговор, отлучавший Данилу от общества людей: каждый мог убить его, никто не смел дать ему кусок хлеба или кружку воды; Данило стал отщепенцем, опозоренным и проклятым; во-вторых, Драгиня ходила за Николаем Андреевичем, как может только ухаживать горячо любящая женщина.

Крепкое здоровье Свияжского и заботливое попечение Драгини взяли свое: он стал поправляться.

Каких только бесед ни вел он с черногоркой: и о своей далекой родине, и о жизни, и о вере, и о любви! Она слушала его, затаив дыхание, а когда он заводил разговор о своем возвращении на родину, глубоко вздыхала, и ее брови скорбно сдвигались.

И вот наконец настал желанный для Свияжского день: вполне выздоровевший, он уезжал.

Бодрый, веселый сидел он на коне, окруженный конными проводниками. Драгиня стояла возле. При взгляде на ее прелестное, побледневшее личико что-то сжало сердце Свияжского. Но ведь там, впереди, была родина, свои, Дуняша, которую он во что бы то ни стало разыщет, что ему до печали черногорки? Ведь не оставаться же из-за этого!

— Прощай, Драгиня, спасибо тебе, я тебя всегда буду помнить,— сказал он и холодно поцеловал Драгиню в лоб.

Он ожидал слез, однако, она... улыбнулась.

— Помни! Помни! — прошептала она.— Поезжай с Богом! Я буду стоять вот на этой горе и махать платком, пока ты не скроешься из виду. Смотри на мой платок, пока сможешь. Помни, помни черногорку Драгиню, которая тебя так любила! Пошли тебе Бог счастья. И пусть тебя там, в Московии, любят так же, как я. Я вот там — слышишь? — буду стоять с платочком... Поезжай! — И она концом узды хлестнула его коня.

Горячий горный скакун понесся стрелой, однако не долго: вскоре пошли опасные тропки.

Медленно подвигались путники. Время от времени Свияжский оборачивался и кивал головой Драгине: она стояла, стройная, легкая, вся залитая солнечным светом, улыбалась и помахивала красным платочком.

Дальше, дальше отходил караван. Вот уж чуть виднеется фигура Драгини, вот уж чуть мелькает кроваво-красный платочек. И вдруг этот платок словно сорвался со скалы и стремительно, как камень, полетел вниз.

Зоркий проводник воскликнул:

— Глупая! Ведь она бросилась в пропасть!

Свияжский вскрикнул, схватился за сердце и без чувств стал клониться с седла.

Никогда после не мог он забыть кровавый платок прекрасной черногорки.

XXVI

Главнокомандующим русской армией, действующей против турок, князем Александром Михайловичем Голицыным, были очень недовольны в Петербурге. И было из-за чего.

Перейдя Днестр и одержав блистательные победы над турками, Голицын вдруг перевел свои войска обратно за реку; снова переправился, снова имел успех и... опять отступил.

Его отступления придавали туркам смелости и поднимали их дух. Они осмелели до того, что великий визирь Магомет Эмин-паша двинул за Днестр стотысячную армию под начальством Али Молдаванаджи-паши; последний напал на русских, но понес страшный урон. После этого русские сами перешли в наступление и, счетом в третий раз, переправившись за Днестр, стали приближаться к турецкой армии у Хотина.

Известия о тяжком поражении Али Молдаванаджи-паши, конечно, еще не были получены падишахом, когда он посылал свои подарки великому визирю Магомету Эмину-паше, необозримый лагерь войск которого раскинулся под Хотином. Султан захотел отличить доблесть полководца, не только отразившего гяуров, но и прогнавшего их за реку, и даже атаковавшего их. Подарки были хороши, но бережнее всего хранили султанские посланные живые дары — присланных падишахом наложниц. Их было около десяти.

С благоговением поцеловав печать падишаха, привешенную к зеленому шнурку, обматывавшему милостивую грамоту, и, прослушав с почтением содержание послания, Магомет Эмин-паша прежде всего пожелал видеть живые дары.

"Конюх наш и верный слуга, хан Крым-Гирей, прислал нам много сотен красавиц, подобных райским гуриям. Из них-то неизреченной нашей милостью жалуем тебе, рабу нашему, лучших. Усладись и отдохни с ними на ложе от ратных трудов и с новыми силами побивай гяуров во славу Аллаха и Его великого пророка Магомета" — так значилось в султанской грамоте.

Магомет Эмин-паша даже во время военных действий не желал поступиться своими привычками. Его ковровый шатер состоял из нескольких отделений, в одном из которых помещался гарем, неизменно сопровождавший великого визиря и в походах. Туда он приказал привести и султанские живые дары, а затем проследовал для их обозрения.

Стройные красавицы из пленных полек и русских стояли как приговоренные к смерти.

Визирь, тучный, заплывший жиром, шел вперевалку и рассматривал их с таким же видом, как только что перед этим смотрел коней.

— Эту — после вечернего щербета,— сказал он главному евнуху, указав пальцем на златокудрую красавицу.

Евнух поклонился, и великий визирь удалился своей апатичной, медлительной походкой.

Выбранной для услаждения похоти визиря рабыней гарема была Полинька Воробьева.

С той поры как скуластый разбойник убил на ее глазах отца, она пребывала словно в тумане. Она как сквозь сон, помнила, что очутилась в компании многих десятков плачущих женщин, что их сортировали, потом куда-то везли, везли; очень хорошо кормили, но не позволяли выглянуть на свет Божий; затем их осматривал скуластый хан; после плавания по морю состоялся новый смотр, произведенный носатым падишахом, а затем опять затворничество, откорм, как на убой, и новое путешествие. Нервы притупились, чувствительность была подавлена. Хотя Полинька сохранила всю свою красоту, но это все же была только тень прежней красавицы девушки. Что-то неживое виднелось в ее взгляде, что-то вялое в движениях. Каждый жест, казалось, говорил: "Ах! Мне все равно, все равно!". Не было в сердце надежды, а без нее не может быть и истинной жизни.

Однако как ни равнодушна была Полинька ко всему, все же, когда жирный визирь указал на нее пальцем евнуху, она взволновалась, поняв, что значит этот жест.

— Господи! Спаси, сохрани! — молилась она побледневшими устами, забившись в самый дальний угол шатра и не слушая разговоров своих подруг по несчастью, из которых многие чрезвычайно легко примирились со своей участью.

Начинало темнеть. Шумный лагерь затихал.

Полог шатра приподнялся. Вошел старший евнух. Он молча подошел к Полиньке, окинул ее пытливым взглядом с ног до головы и, так же безмолвно взяв за руку, повел ее в ту часть шатра, где жил великий визирь. Девушка последовала за ним как автомат, без возражения, без слез.

Ее привели в обширный шатер, стены которого, потолок и пол сплошь состояли из ковров. Светильник из нескольких свечей разливал дрожащее пламя. На пестром, низеньком, широком диване сидел великий визирь, посасывая кальян, стоявший на маленьком, вровень с диваном, столике, украшенном перламутром.

Полиньку ввели, и тотчас же входной полог закрылся. Девушка недвижно стояла у входа. Визирь сопел кальяном и словно не видел ее, но потом вдруг впился в нее блеклыми, заплывшими глазами. Их взгляды встретились; что-то бездушное, холодно-беспощадное прочла она в его глазах.

Визирь сделал легкий жест, приглашая ее сесть на диван. Полинька повиновалась. Затем он вдруг отшвырнул чубук кальяна, грузно придвинулся к девушке и потной, жирной рукой взял ее за подбородок. Полинька отшатнулась, вскочила и отбежала. По пути попался второй легкий столик; она схватила его и высоко подняла над головой; прижавшаяся в

156

угол палатки, разъяренная, с блестящими глазами, она была похожа на тигрицу.

— Подойди! Убью! — кричала она по-русски.

Великий визирь вскочил и, взявшись за живот, раскатисто захохотал, что-то часто-часто лопоча по-турецки. Поведение девушки, видимо, забавляло его. Заплывшие глаза его загорались нехорошим, сладострастным огнем. Он медленно, широко расставив руки, направился к ней.

Молодая девушка была прелестна в своем гневе, и ею мог восхититься каждый, в ком течет кровь, а не вода.

Визирь приблизился. Полинька с размаху ударила столиком, но... по пустому пространству: паша вовремя уклонился, а в следующее мгновение сжал ее в своих объятиях, что-то шепча. Полинька, изнемогая, отбивалась.

Вдруг полог приподнялся, и евнух, бледный как смерть, крикнул:

— Москали!

Паша выпустил девушку и, что-то неистово крича, кинулся к выходу.

XXVII

Едва ли в истории других народов, кроме древних греков и римлян, имеются такие победы, какие приходилось одерживать русским. Нечто эпическое представляло и сражение под Хотином. Двухсот тысячная армия великого визиря была разгромлена, бежала в паническом страхе, бросив лагерь, обоз, артиллерию перед горстью русских, едва ли превышавшей двадцать тысяч человек. Бегство было поголовное, а между тем никто не мог бы сказать, что турки трусы: это — народ безусловно храбрый. А янычары — цвет воинства Эмина-паши — во всем мире славились своей стойкостью. Однако все эти полчища были сломлены железною энергией русских.

Рота, в которой находился Александр Васильевич Кисельников, одною из первых ворвалась во вражеский лагерь.

Трудно было узнать недавнего блестящего петербургского офицера-гвардейца в оборванном, загорелом армейском пехотинце, каким в данное время был Кисельников. Но зато он немало понюхал пороху, жил активной боевой жизнью, был здоров, как никогда, весел и нисколько не жалел об утраченных столичных условиях.

— Господа! — крикнул какой-то прапорщик.— Да ведь это палатки самого паши. Может быть, здесь и гарем; говорили, что он возит с собою. Ура!.. На штурм красавиц!

Юноша ринулся в ставку визиря. За ним кинулись и другие офицеры.

Все вбежали и остановились в смущении перед десятком испуганных женщин.

— Да ведь это наши, русские! — вдруг воскликнула одна из них, и из многих-многих глаз полились слезы счастья.

Кисельников машинально прошел в другую часть палатки.

— Эх, жил-то, черт!.. Ковры, золото... Наши казачки уже все приберут,— бормотал он, осматривая убранство визиревой ставки.

Вдруг он остановился, заметив женщину, бледную, дрожащую, прижавшуюся в углу.

— Господи! Как похожа на Полю! — невольно вырвалось у него.

Женщина вдруг встрепенулась.

— На Полю?.. А?.. Да... Я — Поля... А вы? Ты... Саша?

Молодые люди кинулись друг к другу и замерли безмолвно в объятиях. Полинька рыдала, а он... Он сам не хотел признаться, что слезы падали из его глаз на прокопченный в пороховом дыму кафтан.

XXVIII

За Москвой, в селе Преображенском, у Хапиловского пруда, по ночам бывали таинственные собрания. Слышались слова молитв, плеск воды. Местные жители знали смысл этого явления и говорили:

— Раскольники в свою веру переправляют.

Действительно здесь беспоповцы перекрещивали православных.

Теперь в числе обращаемых была и Дуняша Вострухина. Выглянувший из-за туч бледный месяц озарил ее лицо, мало похожее на живое: в нем было что-то восковое, прозрачное, не от мира сего.

Несчастную окрестили; она беспрекословно подчинилась обряду, равнодушно приняла поздравления с переправлением.

Сергей, как и обещал отцу, доставил сестру на исправленье к старицам. Эти старицы были не кто иные, как старухи беспоповки, жившие в общежитии купца Ковылина.

Сергей уже давно попал в тенета раскольников и жаждал обратить в "истинную веру" и сестру. Дуняшу стали обращать так, что сделали из нее не человека, а куклу, послушную малейшей воле любого. Она умерла духом и даже, вернее, просто впала в идиотизм. Она согласилась и переправиться, и навсегда остаться в общине, за что ее отец сделал соответствующий вклад, чего и добивались беспоповцы.

XXIX

Вернувшись в Петербург, Свияжский, вопреки своему ожиданию, не нашел там Дуняши; он принялся было за ее розыски, но они не привели ни к чему.

Вострухин на расспросы отвечал нехотя: "В деревне она". И этим ограничивался. Сергей пребывал в Москве, да если бы и был в Петербурге, то от него едва ли возможно было добиться толку.

Проходили недели за неделями, а о Дуняше не было ни слуху ни духу.

Время брало свое; гнетущая тоска Николая Андреевича превращалась в тихую скорбь.

Настал роковой — чумный — 1771 год. Москва вымирала, и чернь производила в ней неистовства. Для принятия необходимых мер и для водворения порядка туда был послан граф Григорий Григорьевич Орлов. В адъютанты к нему был назначен (не без старания отца) Николай Свияжский.

Находясь в Москве, Николай Андреевич услышал, что раскольники беспоповцы беззастенчиво свозят в свои фиктивные "карантины" в Преображенском мало-мальски ценные вещи из домов, где все обитатели вымерли от чумы. Он захотел лично убедиться в этом и стал караулить у так называемого Преображенского кладбища. Однако дозорные у беспоповцев были хороши: все были вовремя предупреждены, и при Свияжском не провезли ничего подозрительного.

Он хотел было уходить, сознав бесполезность ожидания, как вдруг дверь одного из многочисленных карантинных домиков отворилась и выбежала молодая черница-беспоповка в черном сарафане и черном же платке на голове.

— Гуль! Гуль! — крикнула она, сыпля крошки.

Взглянул на нее Николай Андреевич и обомлел: перед ним была Дуняша.

Не сдержался молодой человек и крикнул:

— Дуняшенька! Дуняша!

Она посмотрела на него ничего не выражающим взглядом и бессмысленно рассмеялась.

— Иди домой! Я вот тебе покажу гулек лествицей! — крикнула толстая женщина.

Выражение тупого, животного страха появилось на лице несчастной Дуняши, она вся как-то съежилась и юркнула в дверь карантинного домика.

"Она или не она?" — это осталось для Николая Андреевича никогда не разрешенной загадкой.

На Невском проспекте как-то встретились двое армейцев.

— Назарьев!

— Кисельников! Ты как попал в Питер? И ко мне не заглянул.

— Только что приехал. Хлопочу об отставке. Женюсь, брат.

— Дай Бог совет да любовь. Э! Да ты — георгиевский кавалер? Ну, как поживаешь?

— Ничего себе. Хочу отцовский хуторок в порядок привести. А у тебя что? Жена здорова?

— Здорова. Наследник у меня есть — этакий бутуз!

— Поздравляю. Как живут Свияжские?

— Старик очень по жене тоскует.

— По жене?

— Да. Ведь Надежда Кирилловна скончалась. Между нами говоря, она отравилась. А раньше, есть подозрение, она хотела отравить мою Олю.

— Бог знает что такое!..

— Последнее время она была, кажется, не совсем в уме. Неделю тому назад женился Николай Свияжский.

— Вот как?

— Да, отец заставил. Только он все ходит какой-то скучный.

— Ну, насильно жениться тоже невесело. Что Лавишев?

— Ничего, прыгает.

Молодые люди засмеялись и пожали друг другу руки.

— Заходи ко мне! — крикнул на ходу Назарьев.

— Постараюсь,— ответил Кисельников.

Однако он не побывал ни у Назарьевых, ни у Свияжских: счастье рождает эгоизм, а у Александра Васильевича было так много счастья впереди в совместной жизни с любимой Полинькой.

www.ingramcontent.com/pod-product-compliance
Lightning Source LLC
Chambersburg PA
CBHW020337260626
47156CB00004B/1573